나를 깨우는 천 개의 생각

영혼의 샘과 사색의 우물에서 길어 올린 천 개의 아포리즘

나를 깨우는 천 개의 생각

초판 1쇄 발행	2016년 10월 20일
지은이	김주수
펴낸이	정명진
디자인	정다희
펴낸곳	도서출판 부글북스
등록번호	제300-2005-150호
등록일자	2005년 9월 2일
주소	서울시 노원구 공릉로63길 14, 101동 203호(하계동, 청구빌라)
	01830
전화	02-948-7289
전자우편	00123korea@hanmail.net

ISBN	979-11-5920-047-2 03810

*잘못된 책은 구입하신 서점에서 바꾸어 드립니다.

나를 깨우는 천 개의 생각

영혼의 샘과 사색의 우물에서 길어 올린 천 개의 아포리즘

천언천사록

千言千思錄

—

단 한 마디의 말에도 인생을 바꾸는 힘이 있다.

단 한 권의 책에도 시대를 움직이는 힘이 있다.

-이케다 다이사쿠

이 책은 '천언천사록(千言千思錄)'이라는 부제가 잘 말해주듯, 천 개의 말에 천 개의 생각을 담은 책입니다. 달리 말하면, 이 책은 천 편의 아포리즘으로 쓴 사색록입니다. 저는 이 책 이전에도 천 개의 아포리즘으로 『내 영혼의 조각보』라는 책을 쓴 바 있습니다. 그러니까 이 책은 저의 두 번째 아포리즘 작품집인 셈입니다.[1]

『내 영혼의 조각보』로 천 개의 아포리즘을 쓰면서 아포리즘은 제게 매우 익숙한 글쓰기가 되었습니다. 처음부터 천 개를 쓰려 했던 것은 아니고 계속 쓰다 보니 그것이 모이고 모여 절로 천 개가 되었습니다. 그렇게 천 개의 아포리즘을 쓰고 보니, 그것이 자연스럽게 훈련이 되어 아포리즘 형태로 생각하고 글로 정리하는 것이 익숙

....

1 이덕무와 같은 우리의 옛 선비들도 이런 글을 즐겨 썼는데 이를 청언소품(淸言小品)이라 하였습니다. 그런 점에서 아포리즘은 우리의 문학적 전통과도 밀접한 관련이 있는 글이 아닐까 합니다.

해져서 일종의 습관 아닌 습관이 된 듯합니다. 저는 『내 영혼의 조각보』를 쓴 이후 한동안 아포리즘을 전혀 쓰지도 않았고 쓸 생각도 없었습니다. 그런데 책을 읽거나 혹은 일상에서 가끔 의미 있는 생각이 떠오를 때면, 이 생각들을 그냥 다 잃어버리기는 아깝다는 생각이 문득 들었습니다. 이에 저는 어느 날부터 다시 제 생각을 아포리즘 형태로 정리하게 되었습니다. 제가 다시 천 개나 되는 아포리즘으로 책을 쓰게 된 것은 이 때문입니다.

아포리즘은 짧고 깊은 말입니다. 아포리즘은 철학이 되기도 하고 문학이 되기도 합니다. 비록 짧고 단순하지만 좋은 아포리즘에는 충격과 울림과 여운이 있습니다. "깊이를 간직한 단순함은 아름답다(서영아)"는 말이 있습니다. 아포리즘의 미학을 가장 잘 대변해주는 말이 아닌가 합니다. 좋은 아포리즘은 우리에게 사유의 절경을 보여줍니다. 아포리즘은 촌철살인(寸鐵殺人)의 미학을 가지고 있습니다. 하지만 독법 차원에서 촌철살인의 다른 이름은 촌철활인일 것입니다. 좋은 아포리즘은 우리에게 새로운 눈을 뜨게 하고, 새로운 가슴을 가지게 하며, 삶에 힘을 더해줍니다.

저는 아포리즘 작가를 자처하며, 이 책을 또렷한 하나의 목표를 가지고 썼습니다. 그것은 세계 최고 수준의 아포리즘을 쓰겠다는 것, 아울러 고전으로 남을 만큼 널리 사람들에게 사랑받는 유익한 책을 쓰겠다는 것이었습니다. 하여 저는 좀더 뛰어난 아포리즘을 쓰기 위해 동서고금의 아포리즘 류(類)의 책을 죄다 섭렵하기도 했고, 하루 종일 아포리즘만을 생각하며 지내기도 했습니다. 실로 아포리즘 한 편 한 편을 쓰는 것이 생각과 글을 함께 다듬는 절차탁마의 긴 과정이었습니다.

　최고의 아포리즘을 쓰겠다는 제 목표가 하나의 과녁이라면 저의 아포리즘은 그 과녁을 향해 쏜 화살과 같을 것입니다. 이 책에는 제가 쏜 천 개의 화살이 담겨 있습니다. 제게 쏜 천 개의 아포리즘 화살 중에서 몇 개가 명중이 되었을까요? 그것은 오직 독자의 가슴만이 답할 수 있는 일일 것입니다. 저는 다만 제가 쏜 천 개의 화살 중에 그저 몇 개 정도는 과녁의 중앙에 맞지 않았을까 하고 스스로 위안을 할 뿐입니다.

　이 책을 쓰는 동안 저는 사색의 바닷가에서 아포리즘이라는 물고기를 낚는 낚시꾼과 같았습니다. 간혹 힘들 때도 있었지만, 대개 그 물고기를 한 마리씩 잡을 때마다 손맛이 짜릿했습니다. 이 책에 실린 아포리즘은 현 시점에서 제가 할 수 있는 의미 있는 생각의 최고치이자, 그 총량이라고 할 수 있을 듯합니다. 제가 낚아 올린 생각의 물고기는 제 영혼의 양식과도 같고, 제 영혼의 그림자와도 같고, 제 스스로를 되돌아보게 만드는 거울과도 같지 않을까 합니다.

　이 세상의 깊이 있는 모든 것은 단순하다.

　-슈바이처

　천 개의 아포리즘을 다 쓴 후에 저는 독자들의 편의를 위하여 이 글들을 다시 주제별로 엮었습니다. 글을 쓴 순서대로 읽는 것보다 주제별로 엮은 것이 읽고, 생각하고, 찾아보는 데 더 용이할 것 같아서였습니다. 하지만 전체의 글은 서로 깊은 연관성을 가지고 있습니다. 이에 독자들께서도 그런 관점과 독법으로 글을 읽어주셨으면 좋겠습니다. 그렇게 글을 읽으신다면 더 깊이 읽게 될 것이고, 더 폭넓은 맥락과 시야를 얻게 되지 않을까 합니다.

"글 쓰는 보람이란 동감하는 영혼을 만나는 것이다(조정래)" 이러한 바람은 모든 저자들의 꿈일 것입니다. 제 글에 대한 독자들의 공감을 얻는 것만으로도 저자로서 너무나 기쁘고 감사한 일이지요. 하지만 저는 이왕이면 이 책을 읽고 동감하는 것을 넘어, 독자들께 삶에 어떤 긍정적인 변화가 일어났으면 합니다. 이 책을 통해 생각이 바뀌고 삶이 변화되는 그러한 뜻 깊은 체험이 독자들께 생겼으면 좋겠습니다.

저는 이 책의 초고를 완성한 후 4개월 정도 원고를 묵혀두었는데, 4개월 만에 제 글을 다듬고 읽으면서 제 자신과 삶의 많은 부분을 되돌아보게 되었습니다. 제가 쓴 글이지만 실로 제 스스로를 다시 깨우쳐주는 글이 많았습니다. 이 글을 다시 읽는 과정에서 제겐 분명 어떤 긍정적인 변화가 있었습니다. 비록 제가 쓴 글이지만 '글이라는 생명체'는 이미 나와 사뭇 다른 존재가 될 수 있는 게 아닌가 합니다. (정녕 제 자신이 '내가 글로 쓴 이상과 가치'에 훨씬 못 미침을 부끄럽게 생각합니다.)

우리는 망각의 존재여서, 의미 있는 것을 생각한다 해도 그것을 쉬 잊어버리기 쉽습니다. 그런 점에서 글은 흔들리거나 잊어버리지 않게 생각을 붙잡아주는 힘이 있는 듯합니다. 글을 쓰거나 읽는 것의 본질적 가치는 바로 여기에 있지 않을까 합니다.

좋은 생각이 곧 좋은 삶을 만드는 것은 아닐 것입니다. 다만 나를 깨우는 생각은 나를 좋은 삶으로 이끄는 데 더없이 좋은 지침이 되어줄 것입니다. 그런 점에서 우리는 좋은 생각이라는 지침을 두고서 끊임없이 스스로를 되돌아보아야 할 것입니다. 그렇게 한다면 누구에게나 필히 삶에 긍정적인 변화가 일어나리라 믿습니다. 꽃에 빗물이 떨어지듯 이 책을 읽는 모든 독자들께도 삶에 그러한 좋은 변화가 일어나기를 간절히 기원합니다.

취루재에서 김주수 드림

목
차

1장

자아 · 만남 · 관계

자아

1

'나'란 존재는 언제나
내가 아는 나와 내가 모르는 나 사이에 있다.

2

자신에 대한 무지보다 더한 무명(無明)은 없고
마음의 속박보다 더한 속박은 없다.

3

나는 언제나 내가 만난 수많은 것들 속에 있고
또한 내가 회피한 수많은 것들 속에 있다.

4

인생이란 시작부터 끝에 이르기까지 상호작용의 연속이다.
'나'란 고정된 실체는 없다.
'나'라는 존재는 오직 상호작용의 한 과정일 뿐이다.

5

세계란 언제나 주관과 객관 사이에 있다.
나란 존재도 언제나 주관과 객관 사이에 있다.
하여 고유한 나도 없고, 고유한 세계도 없다.
그저 하나의 선택적 시각이 있을 뿐이다.

6

나 아닌 모든 것은 나를 비추는 거울이다.
내 삶의 모든 것은 언제나 나를 가장 잘 비춰준다.

7

자기 자신을 온전히 잘 아는 사람은 세상에 없다.
왜냐하면 그것이 가능하려면
100% 나 아닌 것의 시각이 되어 보아야 하기 때문이다.

8

세상에 나보다 소중하지 않은 사람은 단 한 사람도 없다.
세상에 나보다 못한 사람도 단 한 사람도 없다.
이것을 깊이 자각할 때 나 또한 영혼의 균형을 회복할 수 있다.

9

삶에서 가장 어려운 일은 타인을 온전히 이해하는 일이요
삶에서 가장 드문 일은 타인에게 내가 온전히 이해받는 일이다.

10

세상엔 오해받지 않는 사람도 없고, 오해하지 않는 사람도 없다.
타인의 시선 속에서 '나'란 늘 얼마간의 오해 속에 있는 법이다.

11

우리는 오로지 자기 자신을 주관적으로 해석한다.
마찬가지로 타인과 세상 또한 주관적으로 해석한다.
지극히 주관적 해석이란 진실이 아닐 가능성이 높다는 뜻이다.

12

나는 언제나 세계에 대한 나의 해석 속에 있다.
그 해석이 바뀌지 않으면 삶 또한 바뀌지 않는 것은 이 때문이다.

13

자신과 세상을 바라보는 시각을 바꾸지 않고서는
그 인생 또한 바뀔 가능성이 거의 없다.
자신의 시각이 곧 그 자신의 세계이므로!

14

잘 보이지 않을 뿐
삶의 모든 불행은 내가 만든 불행이다.
때문에 그 불행을 책임질 사람도 오직 '나'뿐이다.

15

나를 가장 힘들게 하는 것도 나 자신이요
나를 가장 편안하게 하는 것도 나 자신이요
나를 가장 번영케 하는 것도 나 자신이다.

16

내 인생은 오직 내가 새로워질 때만 새로워진다.
나는 언제나 내 삶에 있어 세상의 시작과 끝이다.

17

자기 자신에 대한 이해와 믿음은 영혼의 모유와 같은 것이다.

18

내가 걸어간 것만큼이 나의 역사다.
정녕 자신의 역사엔 숨길 수 있는 것이 아무것도 없다.

19

자신의 의식세계를 넓히지 못하는 사람은
바다를 잊거나 놓아두고서
평생 조그만 양식장 속에서 살아가는 작은 물고기와 같다.

20

새로운 나를 찾는 것은 새로운 인생을 만나는 일이다.
미지의 나를 발견하는 것은 새로운 세상을 여는 일이다.

21

천 개의 '생각'과 천 개의 '나' 속에서 인생을 만나라.
나를 무한으로 열어가는 것은 진정한 자유를 향한 활주로다.

22

자기라는 속박에서 벗어나지 않고서
위대한 인물이 된 경우는 세상에 없었다.
위대함의 출발은 자신이라는 경계로부터 벗어나는 데 있다.

23

마른 나무에 물을 더 많이 주어야 하는 것처럼,
삶이 힘들 때일수록 자신을 더 사랑해야 한다.
고통을 궁극적으로 이겨낼 수 있는 것은 절망을 이긴 사랑밖에 없다.

24

자기 자신을 온전히 사랑하지 못하는 것이 삶의 가장 큰 불행이요
자기 삶을 온전히 사랑하지 못하는 것이 삶의 가장 큰 비극이다.

25

'나'를 있는 그대로 받아들이지 않으면
반드시 받아들이지 않는 만큼의 분열이 생긴다.
그렇게 자아의 분열이 생기면 내면의 평화는 끝내 찾을 길이 없다.

26

자기 자신을 있는 그대로 수용하고 사랑하는 것은
자기 자신에게 줄 수 있는 최고의 축복이자 선물이다.
아울러 진정한 마음의 평화와 행복을 얻는 최고 최선의 길이다.

만남, 관계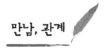

27

타인을 진심으로 대하지 못한 모든 순간은 실패다.
자신에게 진실하지 못한 모든 순간이 실패이듯이!

28

파도가 모여 바다가 되듯이 인연이 모여 인생이 된다.
바다에 이유 없는 파도가 없듯이, 인생에 이유 없는 인연은 없다.

29

함께 짓는 미소는 두 사람 사이를 가장 많이 줄여 준다.
함께 흘리는 눈물은 두 사람 사이를 가장 가깝게 해준다.

30

눈빛에도 온도가 있고 목소리에도 온도가 있다.
숨길 수 없는 마음의 온도가 그 속에 담기기 때문이다.

31

스스로 상대방이 내 마음을 다 안다고 여기면
누구를 만나든 진실하게 상대를 대할 수 있다.
세상에 자기 마음만한 진실의 거울은 없으니….

32

언제나 나의 장점과 타인의 장점을 함께 찾는 것은
어디서든 둘 사이에 숨겨져 있는 삶의 빛을 캐는 일과 같다.

33

인정받지 못한 사람이 대체로 타인을 인정할 줄 모르고
존중받지 못한 사람이 대체로 타인을 존중할 줄 모른다.
타인을 인정·존중하는 마음이 부족함은
곧 자신의 부족과 공허함을 드러내는 일이다.

34

사람은 누구에게나 존중받길 원하지만
정작 모든 사람을 존중하는 이는 드물다.
사람은 누구에게도 차별받길 원치 않지만
정작 모든 사람을 차별 없이 대하는 이는 드물다.

35

시를 제대로 읽으려면 시를 쓴 시인의 마음이 되어
그 시정(詩情)에 흠뻑 젖어보아야 한다.
누군가의 삶을 읽을 때도 이와 마찬가지다.
그 삶을 깊이 느껴보지 않고서는 이해의 빗장을 열 수 없다.

36

배울 게 없는 이는 좋은 친구가 될 수 없고
나눌 게 없는 이는 좋은 이웃이 될 수 없다.

37

친구는 세상을 바라보는 또 하나의 창(窓)이다.
그것은 또 다른 세상과 또 다른 나를 만나는 좋은 루트이다.

38

좋은 친구는 정신적 외투요, 삶에 값없는 재산이지만
내가 좋은 친구가 되기 전에는 결코 얻을 수 없는 것이다.

39

인생을 풍요롭게 해주는 최고의 자산은 좋은 배우자와 좋은 친구들이다.
자신과 마음이 맞는 사람이 있다는 것은
삶의 좋은 버팀목이 있는 것과 같고,
그늘이 되어줄 나무가 있는 것과 같다.

40

타인에게 친절과 신뢰를 많이 주었다면
그는 훗날 그것이 자신에게 되돌아오는 행운의 씨앗이었음을
알게 될 것이다.

41

단어와 단어가 어떻게 연결되느냐에 따라 문장의 맛과 의미가 달라지듯
사람과 사람이 어떻게 연결되느냐에 따라 인생의 맛과 의미가 달라진다.

42

자신을 높이려는 마음은 타인을 낮추려는 마음과 동일한 것이다.
자신을 높이려는 사람일수록 우월감이 자신을 가두는 병인 줄을 알지
못한다.

43

자기 안에 깊이 내면화된 서열화의 시각을 버리지 않으면
일생 동안 우월감과 열등감을 양산하는 차별의식에서 조금도 벗어날
수가 없다.

44

타인의 마음을 얻을 줄 아는 사람은
행운의 씨앗을 가장 많이 가진 사람이다.

45

타인에 대한 친절은 신을 예배하는 시작점이다.
신은 모든 사람 안에서 그것을 늘 지켜보고 있다.

46

타인에게 기쁨과 감동을 주는 사람은
타인으로부터 가장 많은 사랑과 지원을 이끌어 낸다.

47

타인을 배려할 때는 행운을 부르지만
타인을 배려하지 못할 때는 불운을 부른다.
행운과 불운은 대개 사람의 마음을 얻느냐 못 얻느냐에 좌우되기 때문
이다.

48

타인에게 기대려하기보다 타인이 기댈 수 있는 사람이 되는 것,
타인에게 도움을 받으려하기보다 타인에게 도움을 주는 사람이 되는 것,
일생 이러한 마음으로 살아가는 것이 적덕(積德)의 길이요, 대인의 길이다.

49

인덕을 기르고 사람을 얻으려면
타인의 과오는 반쯤만 보고,
자신의 과오는 두 배로 보아야 한다.

50

무릇 말이 잘 통하는 사람을 만나기도 어렵고,
마음이 잘 통하는 사람을 만나기도 어렵다.
허나 그렇기에 관계 속에는 끊임없이 우리가 배우고 깨우쳐야 할 것이
들어 있다.

51

말 잘하는 사람보다 상대방이 편히 잘 말할 수 있도록
잘 들어주고 잘 배려해주는 이가 더 귀하다.
잘 말하는 것은 언제나 잘 듣는 것 그 다음의 일이다.
허나 이 순리를 제대로 잘 체득한 사람은 드물다.
다들 자기 마음과 생각이 차고 넘치기 때문이다.

52

좋은 만남을 위해 필요한 세 가지는 경청과 공감과 배려다.

53

경청은 두 귀로 소리 없이 상대방에게 존중과 찬사의 뜻을 보내는 기술이다.

54

오직 마음이 낮아진 이만이 타인의 말을 귀담아 들을 수 있다.
오직 타인의 말을 귀담아 듣는 이만이 마음의 폭을 넓힐 수 있다.

55

경청의 자세는 반드시 마음의 모습을 닮는다.
경청하는 법을 배우지 못하면
삶에서 가장 중요한 것 하나를 배우지 못한 것이다.

56

행운과 불운은 거의 대부분 '사람'을 따라서 오고 간다.
한 사람 한 사람과의 만남이 내 운명의 지워지지 않는 발자국이 된다.

57

인생이란 만남과 이별의 연속이다.

인생이란 그 모든 만남과 이별 사이의 숱한 이야기다.

그 이야기가 적은 삶은 쓸쓸할 수밖에 없다.

58

타인에 대한 이해와 존중은 그의 자존감에 연료를 공급해준다.

좋은 만남은 예외 없이 높은 자존감으로 서로를 연결시킨다.

59

좋은 만남은 서로가 서로에게 새로운 길이 된다.

60

삶에서 가장 빛나는 순간은 어떤 만남들 속에 있다.

삶은 어떤 만남을 어떻게 가져야 하는지를 배우는 과정이다.

61

좋은 만남은 타인과의 관계를 통해
자신을 더 좋아하도록 만들고
삶을 더 사랑하도록 만든다.

62

우리가 타인에게 줄 수 있는 가장 큰 친절은
깊은 이해와 존중이다.

63

타인의 고통과 슬픔을 얼마간 함께 느껴보지 않고서
위로를 제대로 할 수 있는 사람은 없다.
진정한 위로란 공감에서 출발하는 것이기 때문이다.

64

타인에게 존중받지 못하는 것만큼 화나는 일이 없고
타인에게 인정받지 못하는 것만큼 비참한 일이 없다.
존중과 인정은 나와 타인을 살리고, 세상을 평화롭게 하는 기본 초석이다.

65

수평적 관계는 모든 평화의 출발점이요,
수직적 관계는 모든 불화의 시발점이다.

66

수평적 관계가 가장 잘 만들어지는 순간은
서로 미소 짓거나 서로 웃고 있을 때이다.

67

어떤 관계에 있든 모든 대화는 수평적 대화여야 한다.
수평적 대화가 아닌 것은 이미 대화가 아니므로….

68

대화란 양방의 소통을 통해
서로에 대한 이해의 폭을 넓히기 위한 것이다.
교감과 이해의 폭이 넓혀지지 않은 것은 대화가 아니다.

69

우월감은 무시의 발화점이다.
우월감은 모든 수평적 관계를 무너뜨린다.
우월감은 인간 존엄의 균형을 무너뜨리는 망치와 같다.

70

내가 타인을 인정해주고 이해해주고 존중해주면
그는 내게 좋은 마음을 가질 수밖에 없다.
이것이 인간관계의 선순환을 만드는 최고의 비결이다.

71

충분한 이해를 거치지 않은 충고는 온전한 충고가 아닐 때가 더 많다.
충고하려는 마음보다 이해하려는 마음이 앞서는 이만이
원만한 인간관계와 좋은 성품을 가지게 된다.

72

좋은 인간관계를 위해
일평생 반드시 가지고 있어야 할 정신적 재산은
타인에 대한 이해심과 공감 능력이다.
이 두 가지 없이는 그 누구도 온전한 삶을 살아갈 수 없다.

73

화로에서 불을 쬐려면
너무 가까워도 안 되고 너무 멀어서도 안 된다.
이처럼 사람과 사람 사이의 모든 관계에도
저마다 적절한 거리가 필요한 법이다.

74

친구가 없는 인생은 잎과 가지가 성근 나무와 같다.
사랑하는 이가 없는 인생은 뿌리가 성근 나무와 같다.

75

이상적인 결혼 생활이란 이상적인 타협의 연속이다.
이상적인 타협이 없는 부부는 반목하거나 불평하거나 헤어진다.

76

이해의 부족이 모든 갈등과 부조화의 진원지다.
이해는 마음의 원과 같아서 커질수록 더 많은 것을 껴안는다.
깊은 이해 속에는 갈등과 혼란이 깃들 자리가 없다.

77

이해심이 깊은 사람은 누구나 함께 하고 싶어 한다.

이해심은 사람을 끌어당기고, 마음을 꺼내놓게 만드는 매력의 블랙홀
이다.

78

뜻 깊은 만남이 없으면 인생은 아무것도 아니다.

누구든 마음을 깊이 여는 만큼만 깊은 만남을 가질 수 있다.

79

마음이 열려 있을 때는 이 마음과 저 마음 사이가 지척이지만

마음이 닫혀 있을 때는 이 마음과 저 마음 사이가 수천 리 밖이다.

80

타인과 자신을 비교하면서

지속적인 만족감을 느낄 수 있는 사람은 세상에 없다.

81

자신의 직업이 가장 가치 있어지는 순간은
타인과 세상을 이롭게 하는 데 초점이 맞춰져 있을 때이다.
그것이 모든 직업의 본질적 가치다.

82

돈은 사람에게 수많은 가면을 쓰게 만든다.
이해타산에서 나온 말과 행동엔 거의 대부분 가식과 연기가 섞여 있다.
이익에 초점이 맞춰진 만남은 오로지 서로가 서로에게 하나의 '상품'
이 될 뿐이다.

2장

치유·성장

83

아무리 커도 상처는 과거요
아무리 작아도 용서는 미래다.

84

행복한 삶을 영위하기 위해 반드시 알아야 할 두 가지는
'상처를 치유하는 법'과 '마음의 평화를 얻는 법'을 배우는 것이다.

85

아무것도 할 수 없다고 느낄 때와
아무런 가치가 없다고 느낄 때가
자신이 가장 비참해지는 순간이다.

86

상처는 과거에 대한 집착이요, 그 집착에 엉겨있는 감정의 짐이다.
그 짐을 버리지 않으면 삶의 발걸음이 무거워지는 것을 피할 길이 없다.

87

상처는 마음의 가시와 같아서
자신도 찌르지만 타인도 찌른다.

88

그 실상을 잘 알고 보면 세상에 나쁜 사람은 없다.
단지 상처 받은 사람과 무지한 사람이 있을 뿐이다.

89

성격적 결함은 거의 대부분 내면의 상처와 연결되어 있다.
상처는 온전히 치유될 때까지 어떠한 면으로든 부작용을 낳는다.

90

자신에 대한 온전한 사랑 없이 인생을 사는 것은
물이 새는 배로 바다를 건너려는 것과 같다.

91

과거에 대한 상처나 집착으로 현재를 좀먹는 것은
인생을 두 번 잃어버리는 일이다.

92

과거에 마음이 묶여 있는 사람은 결코 미래로 갈 수 없다.
내 안의 모든 '상처'는 하나도 예외 없이 과거에 묶여 있는 마음이다.

93

치유되지 않은 내 안의 상처는 내 밖에서 또 다른 상처를 낳는다.

94

상처는 영혼의 감옥이다.
치유되지 않은 상처는 성장의 족쇄다.

95

내 삶에 많은 상처는 그 상처를 치유하는 법을 배우는 데 최고의 자산이 된다.

내 안에 많은 혼란은 그 혼란을 다스리는 법을 배우는 데 최고의 밑거름이 된다.

96

삶이 우울하면 자신은 물론이요 다른 사람을 돌아볼 여유가 없어진다.

우울은 자기 마음의 눈을 빠뜨리게 하는 늪이다.

97

이 세상에서 가장 불행한 사람은
고통 속에서 삶의 의미를 찾지 못한 사람이요
자기 스스로를 불행하다고 여기는 사람이다.

98

상처는 과거를 용서하지 못해서 생기는 것이다.
용서하지 못하는 것은 과거를 떠나보내지 못하는 것이다.

99

용서는 증오보다 더 큰 마음의 보폭을 지닌다.
그것은 마음이 더 커져야만 가능해지는 일이기 때문이다.

100

살아간다는 것은
무언가를 기억한다는 것이요
동시에 무언가를 잊는다는 것이다.

101

생을 치유할 만병통치의 약은 '나'를 잊는 데 있다.
나를 다 내려놓아야 다시 '진정한 나'를 찾을 수 있다.

102

상처를 치유하지 않고서 아픔에서 자유로울 수 있는 사람이 없듯이
자신의 과거와 화해하지 않고서 행복한 삶을 살 수 있는 사람은 없다.

103

상처를 치유하는 것은 이해와 수용과 사랑뿐이다.
결국 진정으로 자기 삶을 살리는 것은 이해와 수용과 사랑뿐이다.

104

삶의 모든 것을 용서하지 않고서는
모든 마음의 굴레에서 온전히 벗어날 수 있는 사람은 없다.
용서는 자신의 모든 과거로부터 자유롭게 하는 출구다.

105

놓아야 할 것을 놓지 못할 때 마음은 계속 고착된다.
버려야 할 것을 버리지 못할 때 인생이 계속 찌들어간다.

106

태도와 생각을 바꾸지 않으면
삶에서 바꿀 수 있는 것이 거의 없다.

107

용기 없는 사람은 변화하지 못하고 성장하지 못한다.
언제까지나 자신의 안주 지대와 두려움 속에 갇혀 있을 것이므로!

108

자신감과 자존감,
나를 나답게 하고 삶을 삶답게 만드는 가장 중요한 재산,
내면을 떠받치는 두 기둥!

109

자존감은 내면을 떠받치는 정신적 척추와 같고
자신감은 발걸음을 계속 내디딜 수 있게 하는 삶의 무릎과 같다.

110

자신감이 없는 여자나 남자가 매력적인 경우는 없다.
여자든 남자든 자신감은 모든 매력의 진원지다.
자신감은 내면의 빛이요, 모든 인생길에 값없는 동력이다.

111

타인이나 세상으로부터 아무리 상처를 많이 받더라도
그것을 치유하는 것은 어디까지나 자신의 몫이다.

112

외부를 비난하는 것으로는 아무것도 해결되지 않는다.
모든 해결책의 첫 단추는 자기 안에서 찾아야 한다.

113

슬픔 없이 영혼이 깊어지는 사람은 없다.
기쁨 없이 영혼이 밝아지는 사람도 없다.

114

좋은 음식은 어떤 면으로든 건강에 도움이 되는 것처럼
좋은 글은 어떤 면으로든 일정한 치유 효과를 지닌다.

115

아무리 심한 폭풍이 몰아쳐도 지나가고 나면 그뿐…,
허공은 상처를 입지 않는다.
삶에 완전히 초연한 이의 마음 또한 그러할 것이다.

성장

116

미성숙이 모든 불행의 기본 토대이듯
성숙함은 모든 행복의 기본 토대이다.

117

우연히 불행해지는 사람이 없듯이 우연히 행복해지는 사람도 없다.
우연히 성장하는 사람이 없듯이 우연히 현명해지는 사람도 없다.

118

세상에서 가장 불행한 사람은
증오와 불만에서 벗어나지 못하는 사람이다.

119

내 인생의 모든 시련이나 장애는
그 속에서 내가 배울 것이 있거나
그것을 극복하는 법을 배우기 위해서 내게 주어진 것이다.

120

현실을 회피하는 사람은 현실을 극복할 수 없다.
두려움을 회피하는 사람은 두려움을 극복할 수 없다.
삶의 도망자가 되어서는 얻을 수 있는 게 아무것도 없다.

121

삶에 그 어떤 일이 일어나건 그것은 내 몫이다.
삶의 모든 것을 내 몫으로 온전히 받아들일 때
현실 위에 굳건히 설 수 있다.

122

시련과 고난은 받아들이기에 따라
삶의 독이 되기도 하고, 영혼의 약이 되기도 한다.

123

고통은 내가 풀어야 할 삶의 숙제이지 회피해야 할 생의 짐이 아니다.
회피하면 할수록 내가 풀어야 할 그 짐은 더 쌓여만 갈 뿐이다.

124

인생은 외부의 자극과 내면의 반응으로 이루어져 있다.
내면의 반응에 따라 경험의 질과 결은 달라진다.
똑같은 상황에서도 다르게 반응할 수 있다는 것
이것이 인생의 크고 작은 무수한 차이를 만들어낸다.

125

시련을 이겨내 본 사람만이 시련의 의미를 안다.
고뇌를 통해 답을 찾아본 사람만이 고뇌의 가치를 안다.

126

정신력은 삶을 떠받치는 기둥이다.
우리의 삶엔 많은 비와 바람이 지나가므로
강인한 정신력 없이 삶의 지붕을 잘 지탱할 수 있는 사람은 세상에 없다.

127

매 순간 우리는 우리의 운명을 선택한다.
매 순간의 '선택'이 곧 우리의 유일한 운명이므로!

128

한 사람의 태도는 결코 그 마음의 진실을 숨기지 못한다.

129

역경과 고통은 많은 것을 가르치지만
배울 마음이 없는 사람은 아무것도 배우지 못한다.
진보와 퇴보와 정체는 모두 여기서 결정된다.

130

고통은 그 고통을 받아들이는 사람만이 극복할 수 있고
두려움은 그 두려움을 대면하는 사람만이 이겨낼 수 있다.

131

둥지를 떠나지 않는 새는 언제까지나 하늘을 알 수 없으며,
모래 언덕에 머물고 있는 거북이는 언제까지나 바다를 알 수 없다.

132

자신의 진실과 대면하지 않고서 그 영혼이 성장하는 법은 없다.
자신의 진실과 대면하지 않고서는 자신의 안과 밖을 제대로 알 길이
없으므로!

133

시간이 지나면 예전에 보이던 것이 사뭇 다르게 보일 때가 있다.
시간의 적공(積功)은 시각의 차이와 안목의 깊이를 다르게 하는 시금석이다.

134

실패와 좌절에서 배울 수 있는 사람만이 성장할 수 있고
그러한 성장을 쌓아가는 이만이 자신의 뜻을 이룰 수 있다.

135

모든 성장은 오래된 것과 새로운 것 사이에 있다.
어제와 다른 나가 되지 않으면 인생의 가치를 절반은 잃어버린 것이다.

136

나쁜 습관을 줄이고 좋은 습관을 늘리는 것은
삶의 모든 여정에 어둠을 줄이고 빛을 늘리는 것과 같다.

137

삶의 모든 좌절과 고통을 이겨낼 수 있는 것은
오직 스스로 가지는 자신에 대한 믿음밖에 없다.
자신에 대한 믿음을 잃은 사람은 모든 것을 잃어버린 사람이다.

138

세상 그 어디에도 절망보다 더 깊은 어둠은 없다.
세상 그 어디에도 희망보다 더 밝은 빛은 없다.
세상 그 어디에도 절망을 희망으로 바꾸는 일보다 더 뜻 깊은 일은 없다.

139

경험과 시행착오는 나를 가르치는 최고의 스승이다.
경험은 나를 앞에서 가르치고, 시행착오는 나를 뒤에서 가르친다.

140

역경과 고뇌가 없는 인생은
계곡이 없는 산과 같고, 반전이 없는 영화와 같다.

141

때때로 인생이 아무리 고통스러울지라도 그것을 받아들여야 한다.
그것을 받아들이는 자만이 그 고통을 책임지는 사람이요,
그것에서 벗어날 수 있는 유일한 사람이기 때문이다.

142

고통을 많이 경험해본 사람들이
이에 대한 이해의 주머니가 더 큰 법이다.
역경을 이겨낸 사람들이 역경에 대해 해줄 이야기가 더 많듯이!

143

영화든 인생이든 시련이나 실패를 이겨냈을 때가 가장 감동적인 순간이 된다.

인생의 모든 고통과 좌절은 다른 측면에서 보면 감동을 만드는 최고의 원석이다.

144

온전히 소화하지 못한 글은 내 영혼의 영양소가 되지 못한다.

온전히 살아보지 못한 날들은 내 삶의 거름이 되지 못한다.

온전히 사랑하지 못한 시간들은 내 삶의 산소가 되지 못한다.

145

삶에는 때때로 하기 싫지만 피할 수 없는 일이 숱하게 있다.

하지만 그 일들을 어떻게 하느냐에 따라

인생이 크게 달라진다는 것을 명심해야 한다.

146

인생에서 가장 중요한 하루는 바로 '오늘'이다.

오늘 하루를 충만하게 잘 사는 이만이 '하루'의 의미와 가치를 안다.

147

삶의 이면과 외연을 보지 못할 뿐,
모든 일에는 반드시 긍정적 측면과 부정적 측면이 함께 내재되어 있다.
어느 쪽에 더 자주 불을 밝히느냐가 인생의 명암을 결정짓는다.

148

인생의 굽이굽이에서 닫힌 문을 두드릴 수 있는 것은 용기밖에 없다.
부딪칠 용기, 깨어질 용기, 거듭날 용기,
그것은 나를 새롭게 하는 일종의 숭고한 생명줄이다.

3장

변화·혁신·꿈·비전·성취

변화

149

내가 바뀐 만큼만 세상이 바뀐다.
세상의 모든 변화는 저마다의 '나'가 만드는 것이다.

150

열려있는 사람만이 변화할 수 있고,
변화하는 사람만이 성장할 수 있다.

151

부딪쳐야 깨어지고 깨어져야 깨우친다.
새로운 사람, 새로운 사건, 새로운 세계를 만나서 깨어져야
내가 더 깊어지고 더 넓어진다.

152

변화의 지름길은 자신에게 익숙하지 않은 것을 접하는 데 있다.
새로운 것과의 접속이 많을수록 변화의 가능은 더 높아진다.

153

지금의 '나'와 다른 내가 되고 싶다면
내가 무엇에 얽매여 있는지와 무엇을 두려워하는지를 잘 알아야 한다.
그것은 나를 붙잡고 있는 보이지 않는 족쇄와 같으므로!

154

인생이 바뀌기를 바라는데도
삶에 변화가 없는 근본 이유는 결의가 부족하기 때문이다.
인생을 바꾸고자 하는 진정한 결의가 있으면
인생은 어떠한 면으로든 반드시 변하게 되어 있다.

155

나쁜 습관은 불행을 부르는 능력이요
좋은 습관은 행복을 부르는 능력이다.
습관만큼 삶의 성패를 좌우하는 확실한 요인은 없다.
삶의 변화를 꿈꾼다면 무엇보다 '습관'을 바꾸어야 한다.

156

역사의 흐름 속에서 전통이란 끊임없이 변해가는 것이다.
전통을 그대로 답습하는 이들 속에서는 시대를 앞서가는 이가 나오는
법이 없다.
시대를 앞서가는 이들은 다들 변화를 선도하는 사람들이기 때문이다.

157

선견지명(先見之明)이란
통찰의 눈으로 변화의 맥락을 읽고서 보고 싶은 변화를 미리 보는 것이다.
선견지명 없이 뛰어난 인물이 되는 법은 없다.

혁신

158

천재는 세계적 수준이 아니라 세계를 선도하는 수준에서 나온다.

159

상식에서 벗어나는 것은 두 가지 경우이다.
하나는 상식 수준에 못 미치는 것이요
또 하나는 상식 수준을 뛰어넘는 것이다.

160

특별한 사람을 만드는 두 가지 핵심 요소는
특별한 가치와 특별한 개성에 있다.

161

누구나 할 수는 있지만 아무나 할 수는 없는 것,
어느 분야든 경지의 차이와 솜씨의 묘미는 그런 데 있다.

162

어느 분야든 하수는 많고 고수는 극소수다.
극소수란 그들이 아주 예외적인 의지와 노력을 지녔음을 뜻한다.

163

한 분야에 최고가 되는 것이
여러 분야에서 아류가 되는 것보다 낫다.
천 년에 남을 한 권의 책을 쓰는 것이
백 년도 못 갈 여러 권의 책을 쓰는 것보다 낫다.

164

작품에 독자적인 품격이 없이 명품이 되는 경우는 없다.
그것은 모방하고 싶어도 모방할 수 없는 어떤 것으로 만들어진다.

165

최고의 몰입은 열정과 간절함과 즐거움이 만든다.
고로 최고의 성취도 언제나 열정과 간절함과 즐거움에 기초한다.

166

설령 완벽할 수 없을지라도 완벽에 계속 도전하는 것
그것이 모든 명가들이 지닌 공통된 하나의 미덕이었다.

167

재능과 실력을 기를 수 있는 최고의 기술은 '집중'하는 능력에 있다.
어떤 일에 오래도록 집중할 수 있는 능력이 모든 천재와 대가를 만들
어낸다.

168

어느 곳에서든 영감과 기회는 간절한 사람의 눈에 제일 먼저 띈다.
간절함이 기민함을 낳고 기민함이 살짝 드러난 행운을 제일 먼저 찾는다.

169

파도가 없는 바다는 바다가 아니듯
가슴 속에 열정의 파도가 없는 청춘은 청춘이 아니다.

170

오직 '나'만이 내가 될 수 있다.
누구의 인생이든 그것은 그 사람에게 최선이므로,
유일무이한 나가 되지 않는 삶은 진정한 삶이 아니다.

171

'온리 원'이 된다는 것은 대체할 수 없는 존재가 된다는 뜻이다.
이는 대체할 수 없는 가치와 능력에 있으니,
대체할 수 없음은 누구도 가지 않은 길을 먼저 걸었다는 뜻이다.

172

평범한 사람은 평범한 생각을 하는 사람이고
비범한 사람은 비범한 생각을 하는 사람이다.
세상을 선도하는 이들은 언제나 비범한 생각을 먼저 하는 사람들에게
서 나온다.

173

도전하지 않고 안주하는 것이 인생에 가장 큰 실패요,
하고 싶었는데 해보지 못한 것이 인생에 가장 큰 낭비다.

174

두려움과 주저함 속에서 망설이고 있으면
아무것도 배우거나 얻지 못하지만
실천과 도전을 계속 반복하면 결과와 상관없이 다양한 것을 배우고 얻
을 수 있다.

175

개척정신이 없이 새로운 나와 새로운 삶을 발견할 수 있는 사람은 없다.
삶이란 자신이 무엇을 할 수 있으며,
어디까지 갈 수 있는지를 증명하는 자신만의 실험이다.

176

남이 보지 못하는 것을 보고
남이 듣지 못하는 것을 듣고
남이 생각하지 못하는 것을 생각하는 것
그런 능력이 탁월함의 기본 토대이다.

177

모든 예술은 자신을 봐달라는 거대한 외침이다.

178

도약은 지금의 나를 밟고 뛰어오르는 것이자
과거의 나와 과감히 결별하는 것이기도 하다.

179

현실 순응주의자는 새로운 미래를 유보하는 자요
혁신의 관문을 제일 먼저 무너뜨리는 자이다.

180

상식을 깨지 않으면
상식 이상의 일은 결코 이룰 수 없다.
탁월함은 언제나 상식 너머를 지향하는 법이다.

181

비범한 성취는 대개
비범한 결심과 비범한 열정과 비범한 끈기에서 나온다.

182

강물이 흐르는 자리는 모두 흙이 그 자리를 비켜준 것이다.
누군가의 희생이나 헌신 없이 세상에 새로운 길이 나는 법은 없다.

183

앞서 간 사람은 하나의 길이요 하나의 이정표다.
만인에게 도움을 주는
새로운 길이나 이정표는 사람이 희망이 될 때 만들어진다.

184

내가 걸어간 발자취가 새로운 길이 되어야 한다.
자신이 새로운 길이 되기 전에는 그 누구도 혁신가나 온리 원이 될 수 없다.

185

천하의 모든 사람이 반대하거나 비난해도
오롯이 자신의 길을 갈 수 있는 사람
그런 사람만이 세상에 새로운 길을 연다.

186

새로운 세계를 만나려면 새로운 길로 걸어가야만 한다.
오직 전인미답의 길로 계속 걸어가는 이만이 새로운 길을 찾는다.

187

새로운 생각 없이는 새로운 나를 만날 수 없고
새로운 내가 없이는 새로운 세계를 열 수 없다.
새로운 생각은 새로운 미래를 품고 있는 유일한 씨앗이다.

188

어떠한 면으로든
　세상의 흐름을 거스르지 않고서 독창성이나 주체성이 발현되는 경우
는 없다.
　창의력이란 세상을 거스를 수 있는 남다른 용기의 다른 이름이다.
　그것은 나의 길이 세상의 새로운 길이 되도록 만드는 일이기 때문이다.

189

경쟁적 가치에 집중하면 시야와 마음이 좁아지지만
창조적 가치에 집중하면 시야와 마음이 넓어진다.
경쟁은 트랙 안에서 이루어지지만, 창조는 그 트랙을 뛰어넘는다.

190

누구나 빈손으로 와서 빈손으로 간다.
하지만 그 손으로
세상에 빛을 더하고 가는 사람이 있고, 어둠을 더하고 가는 사람이 있다.

꿈

191

동경하는 바가 없으면
삶의 동심(童心)을 잃을 것이요,
그런 동심이 없으면 세상에 빛이 반은 줄어들 것이다.

192

세상의 모든 꿈은 마음으로 먼저 이룬 후에 이루어진다.
세상의 모든 성취는 정신이 먼저 응집된 후에 이루어진다.

193

아직 세상에 드러나지 않은 위대한 일들은
자신을 세상에 드러내 줄 사람을 늘 기다리고 있다.
위대한 미래는 모든 사람 안에 이미 무수히 와 있다.

194

아름다운 꿈은 아직 세상에 나타나지 않은 또 하나의 무지개와 같다.
타인의 꿈을 지원하는 것은 그 무지개를 만드는 데 내 손을 더하는 것이다.

195

꿈도 중요하지만 그 꿈을 어떻게 구체화시킬 것인가는 더 중요하다.
노력도 중요하지만 그 노력을 어떻게 최적화시킬 것인가는 더 중요하다.

196

확고한 신념과 의지는 꿈을 끌어당기는 강력한 자력이다.
백절불굴(百折不屈)의 정신이 없이 큰 꿈을 이룬 사람은 없다.

197

산을 오르는 사람의 눈은 늘 정상을 향한다.
힘들 때일수록 꿈의 정상(頂上)을 더 바라봐야 한다.
결과에 초점을 모아야 시야가 확장되고, 마음이 흐트러지지 않는다.

198

물이 많이 모일수록 수압이 강해지듯
마음과 마음이 모이면 마음의 힘이 더 강해진다.
우리의 꿈과 꿈이 더해지면 그 꿈은 더 단단해진다.

199

의지는 믿음을 낳고 믿음은 의지를 낳는다.
할 수 있다는 믿음과 잘해내겠다는 의지는
꿈의 수레바퀴를 굴리며 걸어가는 두 다리다.

200

호랑이는 작은 숲에 살지 않으며
용은 얕은 못에 살지 않는다.
마찬가지로 영웅은 결코 작은 꿈 안에서 살지 않는다.

201

꿈이란 반드시 '내가 극복해야 할 것'들 속에만 있다.
때문에 내가 극복해야 할 모든 것들은
나의 꿈으로 가는 유일한 징검돌이기도 하다.

202

마음이 흔들리면 흔들릴수록 에너지가 낭비된다.
자신의 뜻을 이루려면 전일(專一)한 마음으로
자기 자신과 꿈의 성취를 절대적으로 믿을 수 있어야 한다.

203

세상에 존재하는 꿈은 사라지거나 흔들리지 않는다.
사라지거나 흔들리는 것은 단지 자신의 마음뿐이다.

204

어떤 사람이 먼저 이룬 아름다운 꿈은
뒷사람에게 하나의 명료한 좌표나 디딤돌이 된다.
내가 이룬 꿈은 하나의 열매이자 하나의 씨앗이다.

205

큰 뜻을 이루려면 광야를 달리고 바다를 건너야 하지만
광야엔 바람이 멈춘 적이 없고, 바다엔 파도가 멈춘 적이 없다.

206

확고한 결심은 자신의 꿈을 지켜주는 최고의 방패다.
그 방패가 깨어지지 않는 한 사람은 계속 전진할 수 있다.

207

결심은 신발 끈 같아서 풀릴 때가 많다.
그래서 끝날 때까지 거듭 새롭게 묶어야 하는 것이다.
끈기가 없는 결심은 결심이 아니다.

비전

208

비전은 현재와 미래를 이어주는 아름다운 가교다.
그것은 삶의 긍정적 변화를 이끌며
나의 잠재력과 새로운 미래를 함께 깨운다.

209

현실을 믿는 사람은 현실만을 보게 될 것이다.
이상까지 믿는 사람은 이상까지 보게 될 것이다.

210

하늘과 수평선은 늘 맞닿아 있다.
이상과 현실이 늘 맞닿아 있듯이!

211

비록 삶이 궁핍해도 이상까지 궁핍해서는 안 된다.
비록 이상이 멀리 있어도 발걸음까지 멀어서는 안 된다.

212

삶의 목표에 집중할 때만 마음에 전원이 켜진다.
뜻이 이루어질 때까지 그 전원이 꺼지지 않게 하는 것,
그것이 신념에서 나온 열정이요 몰입이다.

213

오직 큰 뜻을 품은 사람만이 큰 사람이 된다.
큰 뜻을 가질 수 있다는 것 자체가 마음의 그릇이 크다는 반증이다.

214

잘 익어서 절로 떨어지는 과실처럼
생각도 비전도 잘 익으면 절로 제 모습을 드러낸다.

215

신념이란 자신을 믿는 힘이자, 자신의 비전을 믿는 힘이다.
그 힘이 자기 자신을 밀고 자신의 비전을 민다.

216

실천은 비전과 미래를 여는 최고의 열쇠다.

217

희망은 희망을 가지는 사람에게서 온다.
비전은 비전을 가지는 사람에게서 온다.
가치는 가치를 만드는 사람에게서 온다.
미래는 미래를 만드는 사람에게서 온다.

218

바다거북은 태어나자마자 바다를 향해 쉼 없이 달린다.
열정이란 태어나자마자 비전을 향해 달리는 바다거북과 같다.

219

좋은 결과는 대체로 '비전을 이룰 좋은 계획과 전략'에서 비롯되고
최상의 결과는 대체로 '비전을 이룰 최상의 계획과 전략'에서 비롯된다.

220

확고한 비전은 미래로 건너가는 다리지만
모든 사람이 그 다리를 건너갈 수 있는 것은 아니다.
남다른 성취는 남다른 지혜와 남다른 인내 없이는 불가능하다.

221

간절함이 확고한 결심을 낳고,
확고한 결심이 지속성과 최상의 행동을 낳는다.
간절함은 내 안의 잠재력을 일깨우는 첫 단추요,
모든 비전 성취의 첫 번째 강령이다.

성취

222

인생이란 자기 자신과의 끝없는 진검승부이다.
자신을 이기지 못하면 이룰 수 있는 게 아무것도 없다.

223

죽어도 살아 있는 것과 다름없는 사람이 있고
살아 있어도 죽은 거나 다름없는 사람이 있다.
한 번뿐인 인생을 열정 없이 산다는 것은 자신을 서서히 죽이는 것과
다름없다.

224

1분을 1시간처럼,
1시간을 1분처럼 느끼며 살아야 한다.
인생은 음미해야 할 때와 몰입해야 할 때가 있으니!

225

음식을 깊이 음미해 본 이만이 그 맛을 제대로 알 수 있듯이
죽을힘을 다해 삶을 사랑해본 이만이 인생의 맛을 제대로 알 수 있다.

226

인내심은 인생의 뿌리와 같다.
뿌리가 약하면 삶 전체가 자주 흔들린다.

227

과정은 결과를 좌우하고
결과는 과정을 지배한다.

228

기적은 대체로 간절함과 치열함 속에 숨어 있다.

229

반복과 지속이 모든 성취의 기본 포석이다.

230

다 꺼내놓기 전에는 끝내 알 수 없는 것들이 있다.
바다 속의 물고기 수,
사람의 속마음 그리고 인간의 잠재력!

231

삶의 가장 큰 무능은
자신의 모든 가능성을 적극적으로 실험해보지 않는 것이며,
그렇게 세월을 보내고서 놓쳐버린 기회들을 후회하는 것이다.

232

진정한 열정은 시간도 초월하고 공간도 초월한다.
때문에 진정한 열정에서 나온 결과물들도 대개 이와 비슷한 운명의 빛
깔을 지닌다.

233

모든 자립은 경제적 자립으로부터 시작된다.

경제적 자립은 삶의 기초 토대일 뿐 아니라, 삶의 커다란 울타리다.

234

한 분야에 꾸준히 내공을 쌓다보면 자신만의 직감이라는 게 발달한다.

그것은 적공(積功)에서 나오는 무의식적인 감각이다.

그러한 감각에 달통하지 않고서 어느 분야에 고수가 되는 경우는 없다.

235

그 누구의 인생이든 혹은 그 어느 나라의 역사든

그것은 단지 살아온 날들의 누적이요, 수많은 선택의 누적이요,

감정과 생각의 누적이요, 행동의 누적이요, 만남과 이별의 누적일 뿐이다.

236

자신감을 잃으면 마음에 빛이 없는 것과 같아서

삶은 온갖 장애와 어둠으로 가득 차게 된다.

237

자신감과 여유와 편안함은 실력에서 나온다.
심지어 행운과 기회도 실력을 가장 좋아한다.
뛰어난 실력은 자기 앞의 길을 여는 최고의 전령이다.

238

내가 할 수 있는 일들을 자꾸 하다보면
내가 할 수 있는 일들의 폭이 더 늘어난다.
작은 불씨가 자꾸 번져 가면 화력이 점점 더 커지듯이!

239

벽돌 한두 개로 성벽이 쌓이지는 않는다.
집소성대(集小成大)는 모든 성취와 발전의 기본 공식이다.

240

최선의 행동이 아니면 대체로 차선의 결과도 얻기가 쉽지 않다.
어떤 '결과'를 만드는 것은 나 외에도 많은 외부 요인이 존재하기 때문
이다.

241

남다른 성취를 이룬 사람들은 누구나 한번쯤 자신의 한계를 넘어서본 이들이다.

자신의 한계를 극복해보지 않고서는 누구도 자신의 재능과 능력을 제대로 알 수 없다.

242

진정한 도전이 무엇인지 모르는 사람은
진정한 실패가 무엇인지도 알지 못한다.
진정한 패배가 무엇인지 모르는 사람은
진정한 승리가 무엇인지도 알지 못한다.

243

감정과 생각과 믿음과 행동이 일치할 때
비로소 에너지가 한 방향으로 정렬된다.
에너지가 한 방향으로 정렬될 때란 성취력이 가장 높아지는 순간이다.

244

세상에 빛나는 인물들은 하나의 공통점을 가지고 있다.
그들은 모두 역경 속에서 진화한 이들이고,
절망 속에서 희망을 만들어낸 이들이었다.

245

어떤 분야든 뛰어난 내공은 오랜 인내가 만든 미덕이다.
기실 적공(積功) 자체가 하나의 미덕인 것이다.

246

남의 평가에 일희일비하는 사람은 큰일을 이루기 어렵고
작은 실패에 낙담하는 사람은 담대한 용기를 가지기 어렵다.

247

세상에는 단지 두 종류의 사람이 있을 뿐이다.
환경에 지배당하는 사람과 환경을 지배하는 사람!

248

어느 분야든 자신이 좋아하는 일에
온전히 미칠 수 있는 사람만이 정상에까지 이른다.

249

거목은 하루아침에 만들어지지 않는다.
세월의 풍상을 견디지 않고서 일가(一家)를 이룬 이는 없다.

250

어느 분야든 대가들은 100도씨의 열정을 가졌던 이들이다.
자신을 완전연소하지 않고서 탁월한 경지를 이룬 이는 없다.

251

고수가 되어야만 알 수 있는 것이 있고
대가가 되어야만 말할 수 있는 것이 있다.
경지는 속이려야 속일 수가 없는 면모가 있는 법이다.

252

내가 일류가 되지 않으면 일류와 교류하기 어렵고
내가 삼류에서 벗어나지 않으면 삼류 대접을 면하기 어렵다.

253

가능성이 희박할수록 그것을 이루었을 때 더 큰 기쁨을 얻는다.
어려움이 큰 일일수록 그것을 성취했을 때 더 많은 영광을 얻는다.

254

노력의 끝을 본 사람,
목숨 걸고 산 사람이 오히려
삶이 주는 안락과 영광을 가장 많이 누린다.

255

사랑으로 거듭나보지 않은 이는 인생의 본질을 알 수 없고
자신의 일로 거듭나보지 않은 이는 인생의 의미를 알 수 없다.

256

전심전력(全心全力)과 초지일관(初志一貫)
이 두 가지는 자신의 뜻을 이룬 이들이 가진 절대적 공통점이다.

257

세상에 빛나는 탁월한 성과들은
예외 없이 엄청난 인내 속에서 만들어진 것이다.
엄청난 인내는 탁월하고 웅대하고 아름다운 재능이다.

258

최선에 최선을 다해보지 않은 사람은 노력의 진정한 가치를 알지 못한다.

259

어느 분야든 자신이 좋아하는 분야에
20년 이상 미친 듯 매진하면 대가가 되지 않을 사람이 없다.
담대한 열정과 끈기는 대가를 만들어내는 정신의 기본 질료이다.

260

대가를 만드는 것은 재능보다
오랜 세월을 거쳐 온 열정과 끈기 그리고 뛰어난 학습과 좋은 전략에 있다.

261

내가 어디까지 도달할 수 있는 사람인지는
오직 최선에 최선을 다해본 후에야만 알 수 있는 것이다.

262

실력 없는 사람이 좋은 대우를 받는 경우는 극히 드물다.
실력은 나를 지키는 방패이자,
나를 지탱하는 기둥이며, 나를 비상하게 하는 날개이다.

263

자신감은 하루아침에 생기는 것이 아니다.
작은 성취를 통해서 자기 안에 믿음을 온축해 가는 것이다.
자신감이란 자신을 믿을 수 있는 정신적 근거다.

264

내가 하늘을 저버리지 않으면 하늘도 나를 저버리지 않는다.
내가 나를 저버리지 않으면 인생도 나를 저버리지 않는다.

265

진정 후회 없는 인생을 살려면
자신이 하고 싶은 모든 일에 마음껏 도전해보아야 한다.

266

뭔가를 이루어낸 사람은
자신의 가능성을 끝까지 믿을 수 있는 사람들 속에서만 나온다.

267

불가능한 줄 알면서도 도전하는 이는
반드시 어떤 남다른 면모를 지니고 있기 마련이다.
세상에 남다른 용기 없이 개척자나 선구자가 되는 경우는 없다.

268

어떤 일에 목숨을 다해 매진해보지 않은 이는 인생을 논할 자격이 없다.
타다 남은 장작이 자신의 화력을 다 알지 못하듯이!

269

삶을 결정짓는 것의 첫째는 마인드와 태도요,
둘째는 실행력이요, 셋째는 끈기다.
오직 남다른 정신, 남다른 행동만이 남다른 결과를 만든다.

270

인생에서 가장 깊이 체득해야 할 단어는 '최선'이다.
내가 얻을 수 있는 삶의 최고치는 '최선' 속에 들어 있기 때문이다.
최선이란 곧 내가 이룰 수 있는 '최고 수준'의 다른 이름이다.

271

제일 먼저 앞서가는 사람은 제일 먼저 실천하는 사람이다.
제일 먼저 실천하는 사람은 제일 먼저 뜻을 이룰 사람이다.

272

전심을 다해 보낸 1년은 새로운 자신을 발견하는 데 충분한 시간이다.
전심을 다해 보낸 10년은 자신의 실력을 탁월하게 만드는 데 충분한
시간이다.
전심을 다해 보낸 30년은 자신의 빛나는 역사를 쓰는 데 충분한 시간
이다.

273

자신감을 잃은 이는 연료가 없는 차와 같다.
어디서든 자신감은 생명력을 공급하는 인생의 값없는 연료다.

274

몰입이란 자기 재능과 역량을 100% 사용할 수 있는 능력이다.
기적 같은 일은 대개 기적 같은 몰입이 만든다.
몰입은 천재를 만드는 엔진이다.

275

결과보다 더 중요한 것은
결과에 연연해하지 않고 최선을 다하는 것이다.
그런 마음가짐일 때 결과에 초연할 수 있고,
지속적으로 '최선'이 무엇인지를 배울 수 있다.

276

치열함이 없이 천재에 이른 이는 없다.
재능과 상관없이 누구나 될 수 있는 천재는 노력의 천재이다.

277

사람은 누구나 저마다 '어떤 것'에 집중하고 있다.
내가 매 순간 집중하고 있는 것이 바로 내 인생의 실체다.

278

열심히 사는 사람에겐 미래를 걱정할 시간이 없다.
단지 미래를 준비할 시간이 있을 뿐이다.

279

자신감은 경험과 실력에서 나오고
유연성은 자신감과 여유에서 나온다.

280

세상에 빛나는 성공보다 더 좋은 명함은 없다.

281

자신의 단점은 최소화하고 자신의 장점은 최대화하는 것,
이 두 가지는 행복과 성공을 함께 만드는 최고의 지혜다.

282

실패를 기꺼이 감내할 수 있는 용기,
실패를 성공으로 가는 필수 코스라고 여기는 담대함,
그런 용기와 담대함 없이 어려움을 이겨낼 수 있는 사람은 없다.

283

좋은 책이란 독자에게 좋은 영향을 주는 책이듯이
성공적인 인생이란 타인에게 좋은 영향을 끼친 삶이다.

284

최고의 성공이란 나의 성공이 만인의 기쁨이 되는 성공이다.
최고의 영예란 나의 영광이 만인에게 이로움이 되는 영예이다.

285

땀과 눈물이 없는 성공은 없다.

그런 성공이 있다면 그것은 성공을 가장한 기만이거나 요행이거나 악덕일 것이다.

땀과 눈물이 더 많이 배어 있는 성공일수록 더 감동적인 법이다.

286

'좋은 습관'이란 성공적인 인생을 뜻하는 가장 확실한 증표다.

무릇 습관이란 일관성과 지속성이 만드는 것이므로!

287

대체로 몸의 컨디션이 최상일 때 마음의 컨디션도 최상이 된다.

몸을 단련해, 무엇을 하든 최상의 컨디션으로 살아가야 한다.

몸이 활력으로 넘칠 때 행복과 성공을 움켜잡을 수 있는 가능성도 더 높아진다.

288

남 탓을 자주 하는 사람 중에는

행복한 사람도 성공한 사람도 거의 찾아 볼 수 없다.

289

부지런함과 끈기가 모든 성공의 90% 이상의 지분을 차지한다.
지혜와 전략도 대부분 부지런함과 끈기에서 나온다.

290

성공보다 실패에서 더 많이 배울 때가 있고
만남보다 이별에서 더 많이 배울 때가 있고
얻음보다 잃음에서 더 많이 배울 때가 있다.

291

모든 성공은 자신을 극복하는 데서 시작되고
모든 행복은 자신을 사랑하는 데서 시작된다.

292

진실하게 사는 것, 성실하게 사는 것
이것이 성공이 아니라면 무엇을 성공이라고 이름할 수 있겠는가!

293

영혼의 순수함에서 멀어진다면
어떠한 성공도 성공이라고 할 수 없다.

294

타인과 세상을 이롭게 하지 않는 것은
어떠한 성공도 성공이라고 할 만한 것이 되지 못한다.
그것에는 아무런 가치나 아름다움도 없기 때문이다.

295

성공이란 '가진 것'의 양이 아니라 '나눈 것'의 양으로 측정되어야 한다.
나눈 것은 없고 가진 것이 많으면 많을수록 그것은 사회악에 지나지
않는다.

296

참된 성공이란 자신의 행복과 이익을 널리 나눌 줄 아는 데 있다.
자신만을 위한 성공은 애초에 성공이라 이름할 수 없는 것이다.

297

나의 성공이 만인의 기쁨이 되는 성공
나의 실패가 만인의 슬픔이 되는 실패
그런 성공과 실패라야 세상에 빛과 소금이 된다.

4장

지혜 · 지성

지혜

298

지혜란 꼭 알아야 될 것과 꼭 해야 될 것을 아는 데서부터 시작된다.

299

지혜의 으뜸은
모든 사람, 모든 상황으로부터 배울 수 있는 넓은 마음에 있다.

300

참된 지혜는 사랑의 양과 비례할 뿐
미움의 양과 비례하지는 않는다.

301

마음을 잘 사용하는 것은 인생 최고의 지혜이다.
잘 보이지 않아도 거의 모든 것은 마음으로부터 비롯된다.

302

지식이 많은 것은 지혜가 많은 것만 못하고,
지혜가 많은 것은 사랑이 많은 것만 못하다.
지혜가 없는 지식은 진정한 지식이 못 되고,
사랑이 없는 지혜는 진정한 지혜가 못 된다.

303

생각해야 할 것을 생각해야 할 때 생각할 줄 아는 것
잊어야 할 것을 잊어야 할 때 잊을 줄 아는 것
그것이 지혜의 시작이다.

304

믿음은 자신을 열리게도 하고 또 닫히게도 한다.
의심은 자신을 어리석게도 하고 또 지혜롭게도 한다.

305

과거를 잊는 법과
과거를 기억하는 법을 함께 배우지 못하면
반드시 과거가 현재를 지배하게 될 것이다.

306

오늘을 꽉 잡아라. 그것이 내일을 잡는 유일한 방법이다.

307

일은 시작과 끝을 함께 보아야 하고
사물은 겉과 속을 함께 보아야 하고
사람은 앞모습과 뒷모습을 함께 보아야 한다.

308

세상에 '진짜 공짜'는 하나도 없다.
인생에 대한 깊은 고뇌와 의문은
그 '답'을 찾기 위해 필수적으로 지불해야 할 값진 삯이다.

309

삶은 희극과 비극 사이에 있지만
어느 쪽에 있든 자적(自適)할 수 있는 이가 가장 뛰어난 배우다.

310

내가 지은 것을 내가 돌려받는 것
이것이 하늘이 인간에게 부여한 유일한 법이다.
그 본질적 속성에서 보면
복도 다 내가 짓는 것이요, 화도 다 내가 짓는 것이다.

311

고뇌가 없으면 생각에 깊이가 없고
고난이 없으면 인생에 깊이가 없다.
삶의 고통이란 반드시 거쳐야 하는 성장의 관문이다.

312

멋진 삶이란
'이상 속에 있는 현실'과 '현실 속에 있는 이상'
이 둘을 잘 조화시키는 데 있다.

313

아래에 있는 벽돌이 위에 있는 벽돌을 받쳐주는 것처럼
오늘 할 수 있는 것에 최선을 다하면 그것이 그 다음 날들을 예비해준다.

314

가장 운이 좋은 사람은
모든 것을 감사와 긍정과 사랑의 눈으로 바라보는 사람
즉 모든 일을 좋은 일로 받아들일 수 있는 사람이다.

315

살아 있는 동안 마음을 다해 사랑하고
할 수 있는 동안 최선을 다해 노력하는 것
이런 삶만이 자신에게 후회의 그림자를 남기지 않는다.

316

작고 작은 눈과 눈이 모이고 모여서 온 세상을 덮듯이
작은 친절, 작은 배려, 작은 나눔도 모이고 모이면 온 세상을 바꾼다.

317

세상에는 실로 수많은 차이들로 가득하다.
그 크고 작은 무수한 차이들과 그 속성을 볼 수 있을 때
세상의 흐름과 실체를 정확히 잘 이해할 수 있게 된다.

318

삶의 모든 결과는 어떤 생각과 행위의 반복이 만든 것이다.
'무엇을 반복하느냐'가 끝내 인생의 모든 것을 결정짓는다.

319

더 많은 도전을 한 사람은
아무 시도도 하지 않은 사람보다 더 많은 기회를 얻는다.
더 많은 경험을 한 사람은
아무 시도도 하지 않는 사람보다 더 많은 것을 배운다.

320

삶의 어느 한 순간도 소중하지 않은 시간은 없다.
삶을 매 순간 절정으로 사는 것은
모든 이가 하늘로부터 받은 아름다운 천명이다.

321

양식장을 벗어난 물고기가 바다를 만나듯이
새로운 세계는 자신의 틀을 깨고나올 때부터 시작되는 것이다.

322

질문은 답이라는 과녁을 향해 날아가는 화살과 같다.
자꾸 쏘다 보면 언젠가는 과녁에 명중하기 마련이다.

323

운(運)이란 움직이는 사람에게만 돌아간다.
적극성은 운이 자주 건너가는 징검다리다.

324

소중한 것은 소중한 것을 잃어버렸을 때 가장 절실히 깨우친다.
평범한 일상에 문제가 생겼을 때는 평범한 일상조차 감사한 것임을 깨
우친다.

325

인생의 수많은 일들 속에는
화를 품은 복도 있고 복을 품은 화도 있다.
허나 이 모두가 삶의 섭리를 가르치는 소중한 질료이다.

326

때로는 칭찬과 격려가 나를 살릴 때도 있고
때로는 비판과 비난이 나를 살릴 때도 있다.

327

시간을 낭비하는 사람은
자신의 인생을 반 혹은 반에 반밖에 못 사는 사람이다.

328

각도 차이가 고작 1도라도 계속 뻗어나가면 큰 차이를 만들듯이
1%의 차이도 오래 지속되거나 반복되면 큰 차이를 만든다.
때때로 작은 차이는 결코 작은 차이가 아니다.

329

즐거운 일이 모두 의미 있는 일은 아니고
의미 있는 일이 모두 즐거운 일은 아니지만
즐거움과 의미는 떨어져 있을 때보다 함께 있을 때가 훨씬 더 많다.

330

모든 것을 긍정할 수 있는 사람은
보이지 않는 눈을 하나 더 가지게 된다.
그것은 현상의 이면까지 보는 눈이며, 시간의 보폭을 건너뛰는 눈이다.

331

무엇을 하건 무아지경에 이르는 것은 세상을 초월하는 최고의 길이다.

332

세상 모든 직분에는 예술적인 면이 있다.
다만 일을 평범한 수준으로 하는 경우와
일을 예술적인 차원으로 끌어올리는 경우가 있을 뿐이다.

333

주어진 생의 시간을 아껴서 잘 사용하는 것은
인생을 풍요롭게 사는 최선의 길이다.
시간은 쓰기에 따라 커지기도 하고 작아지기도 하고
보석이 되기고 하고, 쓰레기가 되기도 한다.

334

남을 이기는 것보다 남을 이롭게 하는 것이 훨씬 더 대단한 일이다.

335

삶이 나날이 새로워지려면
새로운 마음을 갖거나 새로운 경험을 해야 한다.
어떤 일이든 그 속에서 가치와 새로움을 찾을 때 내 마음도 절로 새로
워진다.

336

내면에 여백 같은 시간이 있어야
그 삶의 여정에도 여백 같은 날들이 깃든다.

337

현실과 경험에서 배울 수 없는 것이 책 속에 있고
책에서 배울 수 없는 것이 현실과 경험 속에 있다.

338

살다보면 누구나 운이 안 좋을 때가 있다.
하지만 그런 때일수록 더 인내하고, 더 준비해야 한다.
그래야 운이 바뀔 때 긍정적 변화를 이끌어낼 수 있기 때문이다.

339

만남은 많은 것을 가르치지만 이별은 만남의 이면을 가르친다.
현실은 많은 것을 가르치지만 이상은 현실 너머를 가르친다.

340

실패를 많이 한 사람은
누구보다 실패에 대해 잘 알게 된다.
어떤 일이든 의미 없는 일은 없는 법이다.

341

쉼 없이 흐르지 않는 물은 바다에 이를 수 없는 것처럼
애초에 부지런함 없이는 하루도 제대로 살 수가 없는 것이 '인생'이다.

342

‘변하는 것’과 ‘변하지 않는 것’을 함께 볼 수 있는 이만이
무엇이 본질적인 것이요, 무엇이 비본질적인 것인지를 알 수 있다.

343

천지 만물은 알게 모르게 늘 서로를 돕는다.
그러한 자연의 섭리를 잘 따르는 것이
삶에 불화와 재앙을 줄이는 최선의 길이다.

344

중심에선 가장자리에서 볼 수 없는 게 있고
가장자리에선 중심에서 볼 수 없는 게 있다.

345

인생은 짧고 청춘은 더 짧다.
하지만 못 해본 게 많으면 많을수록 인생과 청춘은 더 짧아진다.

346

행운의 여신은 기본적으로,
마음과 생각이 열려있는 사람에게 제일 먼저 미소를 보낸다.

347

희망은 믿음의 그림자다.
믿음의 징검돌 없이 앞으로 나아갈 수 있는 사람은 없다.

348

인생에 일어나는 모든 사건은 하나의 귀결점이자 하나의 출발점이다.

349

기회를 기다리는 사람과 기회를 만드는 사람이 있다.
사랑을 기다리는 사람과 사랑을 만드는 사람이 있다.
행운을 기다리는 사람과 행운을 만드는 사람이 있다.

350

밝은 성격은 인생의 값없는 보배요
미소와 웃음은 그 보배의 가장 확실한 빛깔과 무늬다.

351

생각에 생각을 더할수록 사고의 힘이 높아지듯
성찰에 성찰을 더할수록 지혜의 눈이 밝아진다.

352

삶의 의미와 자신에 대한 믿음을 잃어버린 사람은
더 이상 잃어버릴 것이 없다.
삶의 의미와 자신에 대한 믿음을 찾는 것은 모든 지혜의 첫걸음이다.

353

따뜻해야 맛있는 음식이 있고 차가워야 맛있는 음식이 있다.
인생에도 열정을 쏟아야 좋을 때가 있고, 냉정을 유지해야 좋을 때가
있다.

354

인생이란 수많은 인연의 파도로 이어져 있다.
지혜로운 사람이란 삶의 모든 파도를 웃음으로 건너갈 수 있는 사람이다.

355

아이들처럼 천진하게 자주 웃을 수 있는 것은 지혜와 행복의 확실한
증표다.
어른이 되고서도 아이들처럼 자유롭게 웃을 수 있는 것은
어떤 면으로든 삶의 초연함을 얻었을 때만 가능하기 때문이다.

356

사소한 일에서 즐거움을 찾을 수 있는 이만이 자적의 기술을 배울 수 있다.
자적의 경지가 높을수록 외물의 영향을 석게 받는다.
자적이란 마음을 비우고 스스로 즐거워할 줄 아는 지혜이기 때문이다.

357

포기해야 할 시점에서 포기할 줄 아는 것과
놓아야 할 지점에서 놓을 줄 아는 것은
인생에 장애와 굴곡을 줄이는 아주 중요한 지혜이다.

358

시작해야 할 때가 있듯 끝내야 될 때가 있다.

시도해야 할 때가 있듯 기다려야 할 때가 있다.

이것을 해야 할 때가 있듯 저것을 해야 할 때가 있다.

때를 잘 맞추면 과정도 좋고 결과도 좋다.

최적의 타이밍을 얻는 것은 모든 지혜의 초석이요, 행운의 시작이다.

359

삶이란 늘 '마음대로 되는 것'과 '마음대로 되지 않는 것' 사이에 있다.

그 '사이'에 우리가 찾아야 할 삶의 가치와 지혜와 행복과 섭리가 있다.

360

평소에 미리미리 선행의 씨앗을 많이 뿌려놓아야 한다.

그것은 내가 뜻을 이루려 할 때

내게 성공과 행운을 불러오는 씨앗과 같으므로!

361

지혜는 이해와 사랑에서 완성되고

사랑은 내어줌과 조화에서 완성된다.

362

현재의 관점에서 과거를 성찰할 수 있는 눈
미래의 관점에서 현재를 통찰할 수 있는 눈
삶의 깊은 지혜를 얻고자 하는 이는 반드시 이 두 가지 눈을 가져야 한다.

363

큰 종에서 큰 울림이 나오듯 위대한 영혼에서 위대한 말이 나온다.
큰 바다에서 큰 물고기가 살듯이 큰마음에서 커다란 지혜가 나온다.

364

하늘은 타인을 사랑하는 사람을 먼저 사랑하고
타인을 돕는 사람을 먼저 돕는다.
하늘이 늘 가장 이롭게 하는 이는 세상을 이롭게 하는 사람이다.

지성

365

문맹(文盲)은 굴뚝이 없는 집과 같고
책맹(冊盲)은 굴뚝이 아주 낮은 집과 같다.

366

글을 못 읽는 문맹과 책을 안 읽는 책맹은 형제지간이라서
무지함이라는 집에서 함께 산다.

367

책 속에도 숲처럼 고갈되지 않는 맑은 산소가 가득하다.
글자와 문장 사이를 거니는 것은 정신적 산책과 같다.

368

이 그릇에 있는 물을 저 그릇에 옮겨 부을 수 있듯이
타인의 지식과 지혜와 경험을
나의 내면에 마음껏 옮겨 부을 수 있는 것이 책이라는 그릇이다.

369

책은 지적 자극을 끊임없이 받을 수 있는 최상의 도구다.
책이 하늘 아래 가장 가치 있는 사물의 하나인 이유는 이 때문이다.

370

독서는 인생의 자문을 쉽게 얻을 수 있는 최상의 길이다.
나를 위한 천 권의 좋은 책은 나를 위한 천 명의 자문단이다.

371

화장은 얼굴을 빛나게 하지만
독서나 명상은 눈빛을 빛나게 한다.
그 어떤 화장품으로도 눈빛을 빛나게 할 수는 없다.

372

책은 사람에게 생각의 씨앗을 지속적으로 던져준다.
책을 읽지 않는 이는
세상에서 가장 좋은 씨앗을 전혀 받지 못하는 사람이다.

373

좋은 책은 숭고한 정신의 원석을 담은 바구니와 같다.
좋은 책이란 다시 읽어도 거듭 내 영혼을 깨우는 책이다.

374

책을 한 번 읽고서 그 책을 충분히 소화했다고 여긴다면,

이는 산에 한 번 올랐다고 그 산을 다 안다고 말하는 것과 같다.

한 권의 책을 다 읽었을 때란 그 책을 온전히 소화했을 때를 말한다.

375

글이란 그 영혼의 그림자와 같다.

하여 글을 읽는다는 것은 그 영혼의 그림자를 따라서 함께 거니는 일이다.

376

자신의 영혼을 통과하지 않고서 나온 글은 다른 이의 영혼에 닿지 못한다.

자신이 온전히 체화하지 못한 메시지는 다른 이에게 울림을 주지 못한다.

377

글을 쓴다는 것은 마치 바둑을 두는 것과 같다.

단어 하나하나를 어느 자리에 두느냐,

어떻게 연결시키느냐에 따라 승패가 결정된다.

378

뛰어난 요리사는 모든 재료들이 제 맛을 내게 한다.
뛰어난 문장가는 모든 단어들이 제 맛을 내게 한다.

379

안목이 없는 사람은 좋은 글을 봐도
볼 줄 모르고, 느낄 줄 모르고, 생각할 줄 모른다.
모든 하수는 안목이 없다는 점에서 정확히 동일하다.

380

꽃을 가까이 하는 사람에게서 꽃향기가 나듯
책을 가까이 하는 사람에게선
그의 눈빛과 말에서도 책 냄새가 난다.

381

화제의 빈곤은 정신세계의 빈곤이다.
그런 삶은 책이 없는 학교나 도서관과 같다.

382

자신이 꼭 알아야 할 것을 아는 것이 진짜 아는 것이요
자신이 꼭 알아야 할 것을 모르는 것이 진짜 무지한 것이다.

383

삶이란 실로 알아야 하고 깨우쳐야 할 일들로 가득하다.
때문에 배움과 진리에 뜻이 있는 이에겐 온 세상이 배움터가 된다.

384

역사란 사실과 진실이라는 두 개의 지침을 놓고 이해하는 해석학이다.
하지만 높은 안목과 이상 없이 그 해석이 제대로 이루어지는 법은 없다.

385

사람도 오래 지나 봐야 알고
인생도 오래 지나 봐야 알고
역사는 더 오래 지나 봐야 안다.

386

때때로 무지는 의도하지 않고서도 악덕의 하나가 된다.

387

무게 중심을 잃은 배는 침몰한다.
좋은 가치관이 없는 인생도 이와 마찬가지다.

388

사랑은 진심이 더해질 때만 아름다운 가치를 지니듯
지식은 인격이 더해질 때만 온전한 힘을 가진다.

389

배움을 멈추지 않는 사람은
자신의 수많은 가능성을 끝까지 믿는 사람이요,
자신의 삶에 새로운 세계를 가장 많이 선물하는 사람이다.

390

공부는 학교에서 하는 것이 아니라
생의 모든 순간에서 하는 것이다.
우리 삶에 배움과 연관되지 않는 것은 없다.

391

배우면 배울수록 자신이 모르는 게 얼마나 많은지를 깨우치게 된다.
무지의 자각은 무지 속에 계속 머물고 있는 이는 결코 알 수 없는 보석이다.

392

공부는 하면 할수록 더 깊어지는 우물과 같고,
하면 할수록 더 넓어지는 호수와 같다.
더 깊어지고 더 넓어지는 것은 배움의 과정이자 그 본질적 속성이다.

393

삶에 대한 이해를 넓히는 것
자신에 대한 이해를 넓히는 것
그것이 삶의 폭풍에서 제일 안전한 피난처가 된다.

394

산에 높이 오를수록 시야는 더 넓어진다.
삶 또한 수많은 식견이 존재하는 하나의 등정과 다를 바 없다.

395

마음과 식견이 좁은 사람은 한 개의 눈을 갖지만
마음과 식견이 넓은 사람은 천 개의 눈을 갖는다.

396

자신의 세기를 벗어난 식견을 가진 이들은
삶과 역사의 섭리를 꿰뚫어본 사람들 속에서만 나온다.

397

사육장의 동물이 울타리 밖으로 나가기 힘든 것처럼
사람은 자신의 견문 밖으로 나가기 힘들다.
사람의 식견이란 자신이 친 한정된 마음의 울타리와 같다.

398

작은 그릇으로 바다를 다 잴 수 없으며
작은 거울로 우주를 다 비춰볼 수 없듯이
하늘의 마음이 되기 전에는 그 누구도 삶의 비의를 다 알 수 없다.

399

아무리 지식이 많아도 아무리 학벌이 좋아도
이기주의를 벗어나지 못하면 한낱 속인에 지나지 않는다.

400

지식이 많은 것이 배려심이 많은 것만 못하고
경험이 많은 것이 진실함이 많은 것만 못하고
학벌이 높은 것이 마음이 낮은 것만 못하다.

401

나와 세상을 더 지혜롭게 만들어주지 못한다면 지식이 무슨 소용인가?
나와 세상을 더 사랑할 수 있도록 돕지 못한다면 철학이 무슨 소용인가?
나와 세상을 더 화합하도록 이끌어주지 못한다면 학문이 무슨 소용인가?

402

윗사람의 말을 잘 듣는 것은 복종을 잘하는 것이지, 착한 것이 아니다.
비판 없는 순종은 선이 아니라 무지요 어리석음일 때가 더 많다.
순종을 미덕으로 여기는 문화는 예외 없이 권위주의의 철갑을 쓰고 있다.

403

권위는 때때로 많은 이들의 이성을 함몰시키고
편견과 고정관념을 심는 엄청난 우상이 된다.

404

지식의 권위에 집착하는 사람은
자신에게 진정으로 필요한 지식이 무엇인지 알 수 없고
학벌의 권위에 집착하는 사람은
배움의 진정한 가치가 어디에 있는지를 알 수 없다.

405

비난을 감내하지 않고서는 그 누구도 정의로운 발언을 할 수 없다.
고독과 짝이 되지 않고서는 그 누구도 세상의 정상에 설 수 없다.

406

분노해야 할 것에 분노하지 않고
저항해야 할 것에 저항하지 않는 사람은
정의를 논할 자격이 없다.

407

바르게 알지 못하는 것은 알지 못하는 것만 못할 때가 많고
바르게 전하지 못하는 것은 전하지 않는 것만 못할 때가 많다.

408

무엇이 가짜인지를 알아야 무엇이 진짜인지를 알 수 있고
무엇이 진실인지를 알아야 무엇이 거짓인지를 알 수 있다.
어디서든 진짜와 진실을 모르면 무지의 눈에서 벗어날 길이 없다.

409

시대의 지성이나 양심이 되려면
무엇이 진짜고, 무엇이 거짓인지를 잘 분별할 수 있어야 한다.
무엇이 사실이고 진실인지를 꿰뚫어볼 수 있는 눈은 지성의 출발점이다.

410

세상에 가장 빛나는 용기는
세상이 아무리 혼탁해도 자신을 잃어버리지 않을 용기,
끝까지 사랑과 양심의 길을 걸어갈 줄 아는 용기이다.

411

진실이 없는 사랑은 사랑이 없는 진실보다 못하다.
실천이 없는 지식은 지식이 없는 실천보다 못하다.
양심이 없는 성공은 성공이 없는 양심보다 못하다.
정의가 없는 권력은 권력이 없는 정의보다 못하다.

412

정의는 진실을 만나야 정의가 되고
진실은 정의를 만나야 진실이 된다.
영혼은 사랑을 만나야 영혼이 되고
사랑은 영혼을 만나야 사랑이 되듯이!

413

천재는 어떠한 면으로든
세상의 상식과 편견과 고정관념을 깨트려주는 사람들이다.
그들은 자기 시대의 정신적 도끼다.

414

불의와 거짓에 저항하지 않는 이는 참된 지성인이 될 수 없다.
용기는 실천적 지성이 지닌 것의 절반이거나 그 이상이다.

415

명문대를 나왔다는 것은 하나도 중요하지 않다.
그 좋은 머리와 지식으로 무엇을 했느냐가 중요할 뿐이다.

416

행위가 따르지 않는 사랑은 제대로 된 사랑이 아니듯이
행위가 따르지 않는 앎은 제대로 아는 것이 아니다.
제대로 아는 것이 아니면 아직 진짜 '아는 것'이라 말할 수 없다.

417

삶 자체가 하나의 메시지가 되는 삶,
삶 자체가 하나의 명확한 증거가 되는 삶,
진실하고 명료하고 힘찬 목소리란 그런 것이다.

418

자신의 이익과 행복을 세상과 널리 나눌 줄 모르는 사람은
정의와 사랑을 논할 자격이 없다.
실천이 없는 사람의 말은 자신을 꾸미는 '착한 척'에 지나지 않는다.

419

비판 기능을 상실한 사고는 바늘이 부러진 풍향계와 같다.
건강한 비판 능력 없이 뛰어난 지성이 되는 경우는 세상에 없다.

420

잘 알려져 있지 않은 진실은 대체로 말하기 불편한 진실들이다.
그러한 진실을 말하려면
작게는 욕이나 비웃음을 받아야 하고 크게는 목숨을 걸어야 한다.
진실을 밝힌 세상의 모든 의인들이 그러했듯이!

421

반골이 아니었던 사람이 세상에 숨겨진 진실을 이야기한 적은 없었다.
어느 시대건 반골의 정신은 세상의 빛과 소금이며, 세상을 바꾸는 초석
이다.

422

전쟁이 없는 세상을 만들지 못하고서
지성을 논하는 것은 무의미한 일이다.
전쟁은 심각한 정신적 미숙과 극단적인 야만을 의미하기 때문이다.

423

사회에 대한 봉사와 공헌의 정신이 없는 이는
아무리 지식이 많아도 지식인이라 할 수 없다.
그런 의식 수준으로는 가치 있는 일을 할 수 있는 게 거의 없기 때문이다.

424

세상에 만연해 있는 틀에 박힌 편견들을 깨뜨리는 것은
지식인의 소중한 임무이다.
하지만 자신의 시대와 불화하지 않고서 이 임무를 온전히 수행하기는
극히 어렵다.

425

비판하는 사람은 많아도 해결책을 제시하는 사람은 드물고,
지적하는 사람은 많아도 자신이 나서 책임지는 사람은 드물다.
앞에서 모범을 보이지 않는 사람은 끝내 추종자 이상은 될 수 없다.

426

지성과 동심을 함께 가질 수 있다면
지성은 동심 속에서 순수함과 즐거움을 얻을 것이요,
동심은 지성 속에서 힘과 지혜를 가질 것이다.

427

모든 사람을 스승으로 여길 수 있는 사람은
어느 곳에 있든 항상 도(道)를 보거나 듣게 될 것이다.

428

대인이란 자신만 아니라 전체를 생각할 줄 아는 사람이요,
전체를 사랑할 줄 아는 사람이요,
전체를 위해 자신을 내어줄 줄 아는 사람이다.

429

태양은 홀로 떠서 홀로 지지만 늘 만물에게 빛을 전한다.
의인은 자신을 알아주는 이가 없어도
자신의 길과 자신의 빛을 잃지 않는 법이다.

430

천재란 한 시대를 가로지르는 예지의 빛이요
영웅이란 한 시대를 떠받치는 세상의 기둥이다.

431

어디서 어떤 일을 하건
자신의 자리에서 자신의 몫을 아주 훌륭하게 해내는 사람은
세상을 살리는 작은 영웅이다.

432

어려운 것을 쉽게 만들고,
복잡한 것을 단순하게 만드는 것,
그것이 모든 고수들이 보유한 본질적 기술이다.

433

어설퍼서 단순한 경우가 아니라
연륜과 복잡함을 거쳐 단순해진 것은
필히 단순함과 격조와 깊이를 함께 갖는다.

434

어느 분야든 하수들은 복잡하고 얕지만 고수들은 간결하면서 심오하다.
복잡함을 간결하게 만드는 것은 핵심을 꿰뚫는 내공에 있다.
그러한 적공(積功)이 많을수록 자신의 세계는 더 깊고 넓어진다.

435

고수들은 정신의 축이 잘 흔들리지 않는다.
그들은 평정심과 평상심이 비례하는 이들이다.

436

천하가 흔들어도 흔들리지 않는 지조와
천년이 지나도 변치 않을 웅지를 지닌 사람이라야
지인(至人)이라 할 수 있다.

437

자신의 눈으로 세상의 진실을 볼 수 없는 이는
세상에 가득한 통념을 물려받는다.

438

바르게 보지 않으면 보지 않음만 못할 때가 있고
바르게 말하지 않으면 말하지 않음만 못할 때가 있으며
바르게 생각하지 않으면 생각하지 않음만 못할 때가 있다.

439

의식 수준이 낮을수록 인식의 왜곡 현상이 심해진다.
의식 수준이 낮을수록 생각과 시야의 폭이 좁기 때문이다.

440

자신의 견해만으로 세상을 보려하는 것은
게의 한쪽 눈으로 세상의 모든 것을 보려하는 것과 같다.

441

지성은 영성을 만날 때 깊이와 품격이 더해지고
영성은 지성을 만날 때 더 명료해지고 세련되어진다.

442

그 영혼에 눈물이 없는 사람은
수분이 없는 조화(造花)와 같다.

443

세상에 가장 필요한 것은 지식이나 돈이 아니라 서로에 대한 '온정'이다.
오점 없는 사람이 없고, 고통 없는 사람이 없으며, 외로움 없는 사람이 없다.
그 모든 사람의 마음을 하나로 이어주는 것은 탁 트인 온정밖에 없다.

444

계속 길을 찾는 사람이 더 많은 길을 알게 된다.
계속 탐구하는 사람이 더 많은 것을 발견하게 되듯이!

445

큰 굴곡이 없는 산 중에 절경을 이룬 산이 없듯
큰 고뇌가 없는 사람 중에 큰 그릇이 되는 이는 없다.

446

타인의 행복을 나의 행복으로 여기고
타인의 불행을 나의 불행으로 여기는 마음이 없는 이는
리더가 될 자격이 없다.

447

전 인류의 번영과 행복을 원하는 것
그것이 모든 정치 리더가 가져야할 기본 정신이어야 한다.

448

선견지명, 책임감, 포용력,
이 세 가지는 모든 리더가 가져야 할 핵심 덕목이다.

449

리더란 희망과 비전의 지휘자다.
리더는 사람들의 가슴에 아름다운 비전을 점화시킬 수 있는 사람이어
야 한다.

5장

삶·세상·성찰·인격

450

삶은 크고 작은 수많은 반복으로 이루어져 있다.
단지 어떤 반복을 하느냐가 어떤 인생을 사느냐를 결정짓는다.

451

삶을 나날이 더 싱싱하게 만드는 것은
어제보다 오늘을 더 즐겁게 사는 데 있다.

452

다소의 시간 차가 있을 뿐 사람은 누구나 시한부 인생을 산다.

453

냉소적인 사람들은
삶과 세상에 대해 잘 모르면서
잘 안다고 착각하는 사람들 속에서만 나온다.

454

인생의 고도가 달라지면 보이는 것이 달라진다.
궁극의 시계(視界)를 얻기 전에는 인생을 안다고 말하지 말아야 한다.

455

인생에 그 어떤 일이 일어나든
자신의 인생을 책임질 수 있는 사람은 자신뿐이다.
인생이란 책임과 거의 동의어와 같다.
자신의 책임을 회피하는 것은 자기 삶의 지분을 버리는 것과 다를 바
가 없다.

456

인생은 고속도로와 같아서 뒤로 후진할 수가 없다.
오직 '어떤 방향으로 어떤 속도로 가느냐'만을 선택할 수 있을 뿐이다.

457

잘했다고 여겨지는 일에는 후회가 남지 않듯이
가장 잘 산 인생이란 생이 끝난 후 후회할 게 전혀 없는 인생이다.

458

인생이란 객관적 세계와 주관적 인식 사이를 이해하는 해석학이다.

하지만 그 해석학의 수준이 높아지는 경우는 극히 드물다.

그것은 자신을 뛰어넘는 '시야와 통찰'을 필요로 하기 때문이다.

459

인생이란 시간이라는 장대한 도화지에

자신의 물감으로 채색을 하는 것과 같다.

살아있는 동안은 그 누구도 손을 멈출 수가 없으니,

인생이란 1분 1초도 의미 없는 채색을 해서는 안 되는 영혼의 그림이다.

460

인생에는 리허설이 없다.

하여 인생에는 똑같은 순간이 없고, 똑같은 기회가 없으며,

똑같은 선택과 똑같은 결과가 없다.

461

삶에는 꼭 필요한 것과 정말 아름다운 것과 더없이 소중한 것,

이 외에는 모두 버려야 한다.

나머지 것들은 어떤 면으로든 나를 얽어매는 것들이기 때문이다.

462

인생에 별것이 없다고 말하는 사람은
인생을 제대로 살아보지 못한 사람이다.
삶의 경이로움에 눈뜨지 못한 사람은 삶의 진실을 거의 알지 못한다.

463

한 가지 색으로 그림을 그릴 수는 없다.
신이 다양한 사람을 만든 것도 이 때문이다.
다양한 사람이 있어야만 세상 속 삶의 그림 또한 다채롭고 풍요로워진다.

464

삶이란 교감과 소통을 배우는 긴 과정이다.
교감과 소통으로 서로의 원을 넓혀가는 과정이요,
그 원 안에서 함께 어우러지는 과정이다.

465

오늘이 어제와 같은 날이 아니듯
오늘의 나는 어제의 나와 같지 않아야 한다.
날마다 삶의 지경을 넓혀나가는 것은 나를 위한 지고지선(至高至善)이다.

466

죽음보다 삶에 대해서 많이 가르치는 스승은 없다.

467

죽음의 의미를 모르면 삶의 의미를 알지 못한다.
어떻게 살아야 하는지를 모르면
어떻게 죽어야 하는지를 알지 못하는 것처럼!

468

가족이나 절친한 사람의 죽음을 겪어보지 않으면
완전한 이별이 주는 의미를 알지 못한다.
아울러 삶이란 오직 죽음 위에 놓여있는 것임을 알지 못한다.

469

누구나 세월을 건너가지만
누구나 인생의 의미를 아는 것은 아니다.
고통은 누구에게나 찾아오지만
그 고통의 의미를 누구나 다 아는 것은 아니다.

470

놀면 놀수록 놀아야 할 것이 계속 발견되고
배우면 배울수록 공부해야 할 것이 계속 발견된다.
어느 쪽으로 가든 삶은 발견되지 않은 미지들로 가득하다.

471

삶은 죽을 때 끝나는 것이 아니라,
자기 응시의 눈이 없을 때 끝이 난다.
삶의 목적지는 죽음이 아니기 때문이다.

472

삶에 대해 깊이 이해할수록 두려움은 줄어들고
자신에 대해 깊이 이해할수록 평정심은 더 늘어난다.

473

지상에서의 삶은 너무나 짧다.
자신이 사랑하지 못한 것을 헤아리는 데도 부족한 시간이요,
자기 자신을 제대로 아는 데도 부족한 시간이다.

474

삶은 끝없는 대화다.
자기 자신과의 대화요,
타인과 세상과의 대화요,
천지 만물과의 대화다.

475

모든 사람은 저마다 살아가지만
자신의 삶을 깊이 이해하는 사람은 많지 않다.
모든 사람은 누구나 다 죽지만
자신의 죽음을 깊이 이해하는 사람은 많지 않다.

476

삶은 매 순간순간 선택의 연속이다.
어떠한 삶을 살든 인생이란 내가 선택한 모든 것들의 총합이다.
삶은 오직 내가 책임져야 할 무수한 선택들의 대장정일 뿐이다.

477

삶은 눈에 보이는 것들과 눈에 보이지 않는 것들의 조합이다.
때문에 마음의 눈을 가지지 못하면 삶의 반쪽밖에 보지 못한다.

478

삶의 의미를 잃어버린 사람은 물을 잃어버린 물고기와 같다.
마음에 순수함을 잃어버린 사람은 물이 없는 연못과 같다.

479

자연 그 어디에도 직선으로 흐르는 강은 없다.
세상 속을 흐르는 수많은 우리의 인생도 이와 마찬가지다.

480

잘된 일이라 여겼던 일도 시간이 지난 후에 보면 그 반대인 경우가 있고
불운이라 여겼던 일도 세월이 지난 후에 보면 그 반대라 여겨지는 일
이 있다.

481

용감하게 사는 법을 알아야 용감하게 죽는 법을 안다.
삶과 죽음은 둘이 아니어서, 죽음의 모습은 반드시 삶의 모습을 닮는다.

482

삶이 무엇인지를 정확히 알아야
삶을 어떻게 살아야 하는지를 제대로 알 수 있다.
무엇이 진리인지를 정확히 알아야 그 길로 계속 걸어갈 수 있는 것처럼!

483

삶의 시간은 그냥 지나가는 것이 아니라
성벽처럼 자기 안에 차곡차곡 쌓이는 것이다.
그것이 차곡차곡 쌓여서 다시는 돌이킬 수 없는 하나의 삶을 만들어낸다.

484

온 마음을 다해 사랑한 사람은 미련의 짐을 남길 게 없듯이
온 마음을 다해 살아온 삶은 후회의 그림자를 남길 게 없다.

485

인생의 참된 의미를 모르면 어디서 무엇을 하고 살든
지도와 목적지도 없이 먼 길을 가는 것과 같다.

486

죽기 전에 반드시 배워야할 단 한 가지가 있다면
그것은 자신과 삶과 타인과 세상을 사랑하는 법이다.

487

세상의 수많은 책 중에
나의 삶, 나의 현실보다 더 잘 읽어야 할 책은 없다.
책 중의 책은 삶 그 자체이다.

488

인생은 많은 문제들 속에 있고, 해답은 그 문제들 속에 있다.
결국 삶의 모든 해답은 삶의 모든 문제들 속에 있는 셈이다

489

삶의 고뇌는 불길이 꺼지지 않는 사색의 아궁이다.

490

한순간 한순간을 소중하게 여기며 사는 것
모든 것에서 의미를 찾고 삶을 즐길 줄 아는 것
이것이 인생을 가장 풍요롭게 사는 길이다.

491

내 삶에 일어나는 모든 일에는 분명 어떤 의미가 있다.
다만 스스로 그 의미를 알 때와 그 의미를 모를 때가 있을 뿐이다.

492

삶이란 내 안에 쌓인 기억의 축적이니
삶의 모든 시간들은 나를 스치고 가는 크고 작은 마음의 그림자와 같다.

493

인생은 단 한번밖에 없는 시간의 여행이다.
삶의 한 순간 한 순간이 나와 우주의 유일무이한 조우의 순간인 것이다.

494

세상에서 시간보다 더 소중한 것은 없다.
삶은 시간으로 되어 있으니
시간이 곧 우리의 생명이기 때문이다.

495

삶을 위해선 '살아야 할 의미와 이유'를 제일 먼저 알아야 하고
자신을 위해선 '자신의 가치와 특성'을 제일 먼저 알아야 한다.

496

인생은 기억으로 만들어진다.
무엇을 기억하느냐, 어떻게 기억하느냐에 따라 자기 삶의 역사가 기술
된다.

497

삶이 무엇인지 아는 사람은 죽음이 무엇인지도 안다.
죽음이 무엇인지 모르는 사람은 삶이 무엇인지도 알지 못한다.

498

죽을 때는 자기 자신과 스스로의 삶에 미소와 웃음을 보낼 수 있어야
한다.
　죽음 너머로까지 회한을 가지고 가는 것은 너무 안타깝고 어리석은 일
이므로….

499

인생이란 지구별에서 누리는 지극히 주관적인 여행이다.
사람들은 누구나 자신이 기억하고 싶은 대로 기억해서
저마다 삶이라는 이름의 서사시를 쓴다.

500

고통의 의미를 모를 때 그 고통은 더 깊어지고
삶의 의미를 모를 때 그 삶은 더 힘겨워진다.

501

늙어감을 한탄하지 말라.
모든 순간이 모여 삶의 원을 완성한다.
한 번 올라간 파도는 한 번 내려올 수밖에 없다.
세상에 한 번 왔으면 한 번 떠나는 것이 인생이다.

502

천금으로도 한 시간조차 살 수가 없으며
만금으로도 인생에서 하루를 더 늘릴 수가 없다.
시간을 낭비하는 것은 곧 인생 자체를 잃어버리는 것이다.

503

내가 걸어간 모든 발자국은
내 '인생'이라는 그림을 완성하는 하나의 작은 점과 같다.
그 그림 속에 어느 점 하나도 지울 수 있는 것은 없다.

504

별은 바라보는 자의 눈 속에서만 빛난다.
우리가 보지 못해 놓쳐버린 모든 빛나는 순간이 그러하듯이….

세상

505

진실과 거짓,
세상에는 단지 이 두 가지밖에 없다.

506

온실 속에서는 거목이 자라지 않는다.
온실 속의 화초는 온실 밖의 풍우(風雨)를 끝내 알지 못한다.

507

세상은 보이지 않는 온갖 상처들로 가득 차 있다.
세상은 보이지 않은 온갖 욕망들로 가득 차 있다.
세상은 보이지 않는 온갖 불만들로 가득 차 있다.
하지만 세상은 그보다 더 큰 하나의 섭리로 늘 둘러싸여 있다.

508

사실보다 더 사실에 가까운 것이 '진실'이다.
현실보다 더 현실에 가까운 것이 '실상'이다.

509

'진실'이라는 글자는 그리 크지 않으나
천 명이 깨려 해도 조금도 깰 수가 없으며
만 명이 움직이려 해도 조금도 옮길 수가 없는 것이다.

510

불신과 부정부패는 찢어진 책과 같아서,
어느 페이지도 안심하고 제대로 읽을 수 있는 곳이 없다.

511

세상엔 실질이 명성만큼 못한 경우도 많고
알려지지 않는 것보다 실질이 뛰어난 경우도 많다.
결코 세상에 알려진 사실이 진실의 다가 아닌 것이다.

512

세상엔 너무나 많은 숨겨진 진실이 있다.
하지만 숨겨진 진실은 그늘 속에 있는 해시계와 다를 바 없다.

513

인간이 환경을 만들듯 환경 또한 인간을 만든다.
세상 어디든 인간이 만든 것이 다시 인간을 만든다.

514

어느 분야든 인재가 없었던 적은 없었다.
알맞은 추천과 등용이 없었던 때가 있었을 뿐이다.

515

공부를 잘하는 사람은 많아도 그릇이 큰 사람은 드물고,
자신을 위해 기도하는 이는 많아도 타인을 위해 기도하는 이는 드물며,
성공한 이는 많아도 그 성공을 널리 나눌 줄 아는 이는 드물다.

516

대중의 생각은 그림자를 닮을 때가 많다.
대중의 믿음은 전염병을 닮을 때가 많다.

517

대중성은 사람들을 무지하게 만드는 일종의 최면술과 같다.
그 최면에서 깨어나지 않으면 실상을 제대로 보는 것은 불가능하다.

518

씨앗은 농부가 잘 알고,
파도는 어부가 잘 안다.

519

백수의 서러움은 백수가 가장 잘 알고
노처녀의 슬픔은 노처녀가 가장 잘 안다.
부모의 근심은 부모가 가장 잘 알고
늙은이의 서글픔은 늙은이가 가장 잘 안다.

520

가난은 한 사람의 행복과 지혜를 훔쳐가는 최고의 도둑이다.
빈곤은 한 사회의 갈등과 부조화를 만연케 하는 최고의 모사꾼이다.

521

돈의 가치를 가장 섬세하게 잘 아는 사람은
돈을 가장 아껴 쓰는 가난한 사람이거나, 그렇게 가난을 딛고 일어선
사람이다.
궁핍함은 때로 풍요에선 결코 배울 수 없는 것들을 가르쳐 준다.

522

가난은 슬픔의 도가니요
불행이 가장 많이 흘러가는 하수구와 같다.
빈곤과 근심은 떨어져 잠을 자는 법이 없다.

523

세상엔 자기 편의와 이익을 위해
약속을 지키지 않는 사람이 너무나 많다.
그 약속을 다 믿는 사람은 순진한 사람이며,
이때의 순진함이란 세상 물정 모르는 미숙함이기도 하다.

524

사람의 가치보다 돈의 가치가 더 중요한 사람은
사람의 가치를 오로지 돈의 측면으로만 본다.
그런 사람은 삶의 가치 또한 오로지 돈의 측면밖에 보지 못한다.

525

추리피해(趨利避害)는 세태의 기본 골격이요
흥망성쇠(興亡盛衰)는 역사의 기본 리듬이다.

526

빈곤한 사람은 대체로 세상에 대한 증오에 중독되고
부유한 사람은 대체로 일신을 위한 안락에 중독된다.

527

돈만큼 사람에게 힘을 주는 것도 없지만
돈만큼 사람을 어리석게 하는 것도 없고
돈만큼 사람을 추하게 만드는 것도 없다.

528

세상은 서로에 대한 무시와 차별로 가득 차 있다.
세상에 늘 수없이 많은 상처가 범람하는 건 이 때문이다.
우리는 우리가 세상에 주는 것을 다시 돌려받을 수밖에 없다.
우리가 사는 곳은 세상이라는 단 하나의 울타리밖에 없으므로!

529

이기적인 사람과 천박한 사람이 세상에 얼마나 많은지를 알아야,
또 그 속에 얼마나 많은 갈등과 치욕과 눈물이 뒤엉켜 있는지를 알아야
비로소 인간 세상에 대한 현실적이고 온전한 이해가 시작된다.

530

전통에는 반드시 좋은 면과 나쁜 면이 함께 있고,

지켜야 할 것과 바꿔야 할 것이 함께 있으며,

과거를 안고 있는 것과 미래를 안고 있는 것이 함께 있다.

531

법의 본질은 공명정대(公明正大)와 공평무사(公平無私)에 있다.

이 두 가지 중에 하나만 부실해져도

정의는 진실을 만나지 못하고, 진실은 정의를 이야기하지 못한다.

532

책을 읽을 때는 정독과 숙독을 통해 오독을 삼가야 하듯이

타인과 세상을 읽을 때도 정독과 숙독을 통해 늘 오독을 경계해야 한다.

533

돈이 많다는 것은

좋은 일을 할 수 있는 하인이 많다는 뜻이다.

이것이 돈에 대한 가장 좋은 해석 중 하나이다.

534

세상은 인간이 타락하는 만큼만 타락한다.
세상은 인간이 성장하는 만큼만 성장한다.
세상은 인간이 아름다워지는 만큼만 아름다워진다.

성찰

535

성찰이 없는 발전은 없으며, 발전이 없는 성찰도 없다.

536

자신을 냉철하게 성찰하는 습관은
모든 좋은 습관의 출발점이다.

537

스스로를 성찰하지 않는 삶은
흐르는 물이 없어 오래 멈춰버린 물레방아와 같다.

538

자신의 과오를 모르는 것이 삶의 가장 큰 무지요,

자신의 잘못을 바로잡지 않는 것이 삶의 가장 큰 불행이다.

539

자신의 과오를 깨닫는 것보다 뜻 깊은 일은 없다.

그것은 어제와 다른 관점으로 삶을 이해한다는 뜻이며,

어제보다 조금 더 깨어난 자신을 발견하는 일이기 때문이다.

540

대부분의 경우 정신적 장애가 삶의 유일한 장애이다.

삶의 걸림돌은 언제나 내 밖에 있는 것이 아니라 내 안에 있다.

541

내 삶에 일어나는 모든 일은

내 행위에 대해 하늘이 내게 내린 판결문과 같다.

이해되지 않는 부분이 있을지라도 그것이 정확하지 않는 경우는 없다.

542

무지는 모든 어리석음의 시작이다.
사람은 자신이 무엇을 모르는지를 모른다.
하여 자신이 무엇을 알아야 하는지도 모른다.

543

사람은 누구나 자신이 아는 만큼만 세상을 본다.
그래서 자신이 아는 세상이 세상의 전부라고 쉽게 착각한다.

544

정신적 고착 상태에 빠져 있는 이들 중에는
고착 상태를 벗어나고자 노력하는 이와
자신이 그런 상태에 있는지조차 모르는 이가 있다.

545

모난 성격으로 가장 큰 피해를 보는 이는 자기 자신이듯이
잘못된 생각으로 가장 큰 손해를 보는 이도 바로 자기 자신이다.

546

시련과 불운은 인내심과 겸손함을 가르치는 최고의 스승이다.

547

때때로 부정적인 말은 타인의 가슴으로 들어가 독이 되기도 한다.
하지만 정작 본인은 그런 말을 했음을 모르는 경우가 많다.

548

내가 하는 모든 말은 일종의 씨앗이다.
복을 담은 씨앗이거나 화를 담은 씨앗….

549

오직 흐르는 물만이 물레방아를 돌릴 수 있듯이
인생은 크고 작은 자기 훈련의 연속이다.
 자기 훈련에 소홀한 이는 반드시 어떠한 면으로든 그 대가를 치르게
된다.

550

자제력이 없는 사람은 브레이크가 없는 자동차와 같다.
그쳐야 할 때 그치지 못하면 화를 피할 길이 없다.

551

자신을 잘 제어할 수 있는 이만이
삶의 속도와 흐름을 잘 조절할 수 있다.
자제력은 마음의 주춧돌이요, 삶의 하나뿐인 제어장치다.

552

나이를 먹는 것은 부끄러운 일이 아니지만
나이만큼 경륜이 없는 것과
나이만큼 어른스럽지 못한 것은 부끄러운 일이다.

553

어떤 이도 다른 사람의 도움 없이는 단 하루도 살아갈 수 없다.
우리가 삶에서 누리는 모든 것은 타인의 도움 속에서 나온 것이다.

554

미소는 행운의 얼굴이요, 찡그림은 불운의 얼굴이어서
행운은 늘 미소를 따라다니고 불운은 늘 찡그림을 따라다닌다.

555

어리석은 사람들은
타인과 세상을 비난하고 원망하는 데
마음의 지분을 반 이상 소모한다.

556

질투는 비난과 짝이 되고
오만은 냉소와 짝이 되고
오해는 냉대와 짝이 된다.

557

술은 사람들 몰래 불행을 제조하는 거대한 공장이다.
술이 빚은 크고 작은 실수와 불행은
너무나 많고 많아서 다 헤아릴 수 있는 사람이 없다.

558

이 세상에서 가장 불행한 사람은 인생의 의미를 모르는 사람이다.

이 세상에서 가장 어리석은 사람은 자신의 과오를 모르는 사람이다.

이 세상에서 가장 비겁한 사람은 끊임없이 자신의 진실을 숨기는 사람
이다.

559

나무의 열매는 자신이 난 곳으로 떨어진다.

인간의 행위는 그것이 난 곳으로 돌아간다.

근원회귀의 순환은 우주의 가장 기본적인 섭리다.

560

무엇을 믿느냐보다 더 중요한 것은

무엇을 하느냐와 어떻게 하느냐에 있다.

삶에 대한 모든 행동은 무엇을 믿는지를 보여주는 가장 확실한 반증이다.

561

일어난 일보다 그 일에 어떻게 반응할 것인가가 더 중요하다.

반응은 내가 선택하고 조절할 수 있는 투명한 삶의 메아리와 같다.

562

다른 사람에게 알려지면 부끄러울 일을 전혀 하지 않는 것,
그것이 깨끗한 삶을 위한 기본 공식이자,
떳떳하고 담대한 삶의 첫걸음이다.

563

나의 악행을 대신해주는 이는 있어도
나의 선행을 대신해주는 이는 없다.

564

'원수'라는 존재는 오직
내가 원수라고 여기는 마음속에만 존재할 뿐이다.

565

감사하는 법을 배우지 못하면 자족하는 법을 배우지 못한다.
자족하는 법을 배우지 못하면 자적하는 법을 배우지 못한다.
자적하는 법을 배우지 못하면 평온하게 살다 죽는 법을 배우지 못한다.

566

얼마간의 경건함은 삶의 필수 요소이다.
그것은 마음이 경솔해지지 않도록 잡아주고,
영혼이 퍼질러지거나 건조해지는 것을 막아준다.

567

미치지 않은 사람 중에도 미쳤다고 말할 수 있는 사람이 더러 있다.
오로지 자신의 생각과 견해만이 늘 옳다고 여기는 사람이 그런 경우다.

568

미친 사람이란 자신이 무엇을 하고 있는지 전혀 자각하지 못하는 사람이다.
자신이 무엇을 하고 있는지 제대로 자각하지 못한다면
정도의 차이가 있을 뿐 이 또한 약간은 미쳐 있는 것이나 다름없다.

569

사람은 누구나 지구별에 잠시 왔다 떠나는 시간의 나그네다.
나그네가 여행에서 가장 삼가야 할 것은 부질없이 많이 '집착'하는 것이다.

570

약속을 잘 지킬수록 운이 좋아지는데
이 '사실'을 약속을 잘 지키지 않는 사람들이 가장 모른다.

571

허영심과 자기자랑은 물에 빠진 책과 같다.

572

감자는 감자다워야 좋은 감자가 되고
석류는 석류다워야 좋은 석류가 된다.
천분과 개성을 지닌 세상의 모든 사람들이 또한 그러하듯이!

573

세상에 비천한 직업은 없다.
다만 비천한 마음으로 일하는 사람과
비천한 대접을 하는 사람이 있을 뿐이다.

574

자신의 뛰어남을 자랑하는 사람은 볼록거울과 같고
자기의 생각에 지나치게 집착하는 사람은 오목거울과 같고
자신의 과오를 부끄러워할 줄 모르는 사람은 은박이 벗겨진 거울과 같다.

575

인생이 괴로운 근본 이유는
첫째 삶에 대한 이해 부족과 집착 때문이다.
둘째 자신에 대한 이해 부족과 집착 때문이다.
셋째 타인에 대한 이해 부족과 집착 때문이다.

576

삶이 몹시 힘겨울 때는
자신보다 더 어려운 삶을 살고 있거나, 살았던 이들을 떠올려 보라.
자신보다 더 불행한 사람은 반드시 있게 마련이니,
그들은 우리에게 위안과 겸허함을 일깨워주는 고마운 존재들이다.

577

죽음은 삶을 비춰주는 거울이다.
그 거울을 잘 바라보는 사람만이
삶의 진실과 의미를 온전히 깨우칠 수 있다.

578

깊은 절망을 맛보지 않은 사람은
인생의 벼랑이 어떤 것인지 알지 못한다.
그 벼랑 끝에 서보지 않은 사람은 인간적 '깊이'를 갖추기 어렵다.

579

남 탓을 하지 않는 사람만이 마음이 자유로울 수 있다.
책임전가를 하지 않는 것은 성숙함의 진정한 지표다.

580

폭력적인 언어를 자주 사용하는 사람들은
예외 없이 정신적으로 다들 미숙하기 마련이다.
폭력적인 언어는 정신적 빈곤과 미숙함의 발로이기 때문이다.

581

모든 폭력은 무지의 상태이자 미성숙의 상태이다.
그것은 강한 것이 아니라
오히려 심각한 의식의 고착이요, 눈먼 힘의 남용일 뿐이다.

582

악을 악으로 갚으려 하는 것은
피로 핏자국을 씻으려 하는 것과 같다.
분노를 분노로 대응하려 하는 것은
불로 불을 끄려고 하는 것과 같다.

583

바다의 작은 파도 하나도 제 자리에서 제 몫을 다한다.
하늘 아래에 제 자리와 제 몫이 없는 사람은 없다.

584

사는 동안 내가 할 수 있는 모든 일을 다하는 것,
그것이 내 목숨과 천명에 응답하는 일이다.

585

자신의 결점을 고치지 못하면
돌멩이가 든 신발을 신고서 평생을 걸어가야 하는 것과 같다.

586

보고 듣는 것을 조심하라. 그것이 대부분 당신의 생각이 된다.
말과 행동을 조심하라. 그것이 당신의 유일한 인생이 된다.

587

사람은 누구나 자신에게는 열렬한 변호인이지만
자기 행위를 두고서 자신에게 엄정한 검사가 되는 이는 드물다.

588

사람은 누구나 자신의 '기준'으로 생각하고 저울질하지만,
그 기준 자체가 완전하지 않은 것이라는 점에 대해서는 잘 생각하지
않는다.

589

누구에게나 자신을 비추는 세 가지 거울이 있다.
자신이 하는 생각, 자신이 하는 말, 자신이 하는 행동!

590

태도는 삶의 모든 것을 거르는 채와 같다.
좋은 태도만이 좋은 삶을 낳는 것은 바로 이 때문이다.

591

자신의 과오를 부끄러워할 줄 아는 데서
자신의 진실을 떳떳이 마주할 줄 아는 데서
사람은 그만큼 새로운 인생을 시작할 수 있다.

592

자신을 냉철하게 성찰하지 않는 사람 중에 인격이 훌륭한 사람은 없다.
인격이 훌륭한 사람 중에 타인의 마음을 잘 이해하지 않는 사람은 없다.

593

어떤 일이나 상황에서든 언제나
미처 내가 못 보고, 못 듣고, 못 느끼고, 못 생각한 것들이 있다.
내 인식의 한계를 인정하는 것은 모든 겸손의 기본 포지션이다.

594

자기 안에 있는 것은 반드시 밖으로 드러나기 마련이다.
그런 점에서 마음과 행동은 둘이 아니요 하나다.

595

의식의 한계가 삶의 첫 번째 한계이자 거의 마지막 한계이다.

596

강의 모든 물줄기가 어제로부터 온 것이듯
현재는 언제나 과거로부터 온 것이다.
지나온 날들을 바로 알지 못하고서는 현재를 제대로 알 수 없다.
과거는 현재를 비추는 시간의 거울이다.

597

잘못된 세계관은 잘못된 삶의 지도와 같다.
잘못된 지도로는 끝내 바른 길을 찾을 수 없다.

598

싸우는 이유는 수없이 많지만 화해하는 길은 단 하나뿐이다.
마음을 열고 서로 상대방의 눈이 되어
그 입장을 이해하고 배려하는 것이다.

599

상대방 입장에서 생각해볼 수 있는 능력,
그것은 지혜의 디딤돌이요 성숙함의 확실한 지표다.

600

타인의 시선으로 나를 볼 수 있을 때
내가 몰랐던 나의 진실들은 더 잘 드러난다.

601

누구도 자기 행동의 과오를 완전히 다 자각하는 사람은 없다.
누구도 자기 가능성의 최대치가 어디까지인지 다 아는 사람은 없다.

602

세상엔 온통 나와 같지 않은 사람들뿐이다.
차이에 대한 이해와 존중 없이는
인생을 제대로 살 수 없는 건 이 때문이다.

603

시기와 질투는 자신을 스스로 파묻는 구덩이요
번뇌와 무지는 그 구덩이를 덮는 흙이다.

604

질투 속에 있는 사람은 평화 속에도 있을 수 없고,
성장 속에도 있을 수가 없다.
질투는 사람의 마음을 난장이로 만든다.

605

말을 너무 하지 않는 것도 때로는 말실수의 하나가 된다.
그것은 배려와 관심의 부족이기 때문이다.

606

대개 변명이 늘수록 자기기만과 자기무능도 늘어난다.

607

세상엔 가해자가 아닌 사람도 없고
피해자가 아닌 사람도 없다.

608

자신을 과소평가하는 것은 자신을 잃어버리는 지름길이요,
자신을 과대평가하는 것은 자신을 기울게 하는 지름길이다.

609

스스로 아무것도 하지 않는 사람은
타인에게 아무것도 바랄 자격이 없는 사람이다.

610

참회하지 않고서
온전히 살아갈 수 있는 사람은
하늘 아래 한 명도 존재하지 않는다.

611

불평하는 것은 차분히 부탁하는 것만 못하고
충고하는 것은 따뜻이 조언하는 것만 못하다.

612

말은 인격을 담는 그릇이요
마음은 인생을 담는 그릇이다.

613

생의 시간이 짧아질수록
헛되이 낭비한 시간들엔 후회와 아쉬움이라는 짐이 가득 실린다.

614

어느 곳에서든 친절과 배려는 모든 인간의 기본 의무다.
세상은 결코 혼자 살아가는 곳이 아니기 때문이다.

615

누구도 자신으로부터 도망칠 수는 없는 법이다.
진실하지 못한 삶은 그 어디에서도 구원받지 못한다.

616

허세와 자기기만과 자기모순이 전혀 없는 사람은 드물다.
하지만 그것을 깊이 자각하는 사람은 더욱 드물다.

617

타인에게 들이대는 잣대를 엄정하게 자신에게 부여하는 이는 드물다.
그 누구든 타인을 보는 눈으로
'나'를 보지 못하면 끝내 자신의 진실을 제대로 알지 못한다.

618

감기에 한 번 안 걸려본 이가 없는 것처럼
자아도취에 한번쯤 빠져보지 않는 이는 없다.
자아도취는 에고의 가장 흔한 바이러스이다.

619

큰 배도 작은 구멍 하나 때문에 침몰한다.
자신의 결점은 곧 자기 인생의 구멍과 같은 것이다.

620

머리로 하는 공부는 머리만 쓰면 되지만
가슴으로 하는 공부는 반드시 성찰을 동반한다.
깊은 성찰 없이 가슴으로 하는 공부가 제대로 되는 법은 없다.
가슴으로 하는 공부는 자신을 깨우고 자신을 변화시키는 공부이기 때
문이다.

621

성찰과 숙고를 거치지 않고는 생각이 숙성되지 않으며
이해와 관용을 거치지 않고는 마음이 성숙되지 않으며
고뇌와 참회를 거치지 않고는 영혼이 정화되지 않는다.

622

과거라는 거울은 성찰을 통해서만 잘 보이고
역사라는 거울은 통찰을 통해서만 잘 보인다.

623

후회할 일을 미리 하지 않는 사람이 가장 현명한 사람이다.
이는 인생과 자기 행위에 대한
깊은 성찰과 선견지명이 있는 이에게만 가능한 일이다.

624

지위와 권세가 높을수록 오만해지기 쉽고
성찰과 배움이 적을수록 천박해지기 쉽다.

625

삶에서 가장 고귀한 것은 무엇인가?
세상에서 가장 위대한 것은 무엇인가?
나에게 가장 가치 있는 것은 무엇인가?
이러한 것을 찾지 않으면 진정으로 사는 것이라 말할 수 없다.

626

해야 할 일을 자꾸 뒤로 미루면
마음의 짐도 계속 늘어나고, 일의 부담도 계속 늘어난다.
미루는 정확한 원인을 찾는 것이 선결의 방책이다.

627

절제는 첫 번째 주치의요,
운동은 두 번째 보약이다.
건강은 속일 수 없는 자기 삶의 성적표다.

628

실수를 하고서도 사과할 줄 모르는 사람,
실수를 하고서도 원인을 성찰하지 못하는 사람은
대개 비슷한 실수를 계속 반복한다.

629

끊임없이 성장하는 사람은 오직
이상을 향해 끊임없이 배우고
끊임없이 성찰하는 사람들 속에서만 나온다.

630

철학이란 삶에 대한 성찰이자 사고의 정련(精練)이다.
때문에 삶의 일상을 깨우지 못하는 철학은 철학이 아니다.

631

어떻게 바라보고 받아들이느냐에 따라
과거는 마음의 짐이나 굴레가 되기도 하고,
새로운 발판이나 삶의 밑거름이 되기도 한다.
자신의 해석에 따라 삶의 경험을 죽이기도 하고 살리기도 한다.

632

허공을 향해 쏜 화살은 땅으로 떨어질 수밖에 없다.
진실하지 않는 모든 말과 행동이 그러한 것처럼!

633

충고하기 좋아하는 사람이 대개 자기 성찰에는 소홀한 경우가 많고
비판하기 좋아하는 사람이 대개 자기 비판에는 무지한 경우가 많다.

634

겸손이란 마음이 낮아진 사람만 들어갈 수 있는 영혼의 성역이다.

635

묘지는 모든 사람을 침묵하게 만들고
죽음은 모든 사람을 겸손하게 만든다.

636

진정으로 겸손해지는 법을 배우는 데는 몇 생이 걸린다.

637

세상에 돈보다 사람의 마음을 협소하게 만드는 것도 없고
부귀(富貴)보다 사람의 마음을 오만하게 만드는 것도 없다.

638

많이 가진 사람이란 가장 많이 나누어야 할 사람이라는 뜻이고
지위가 높은 사람이란 가장 많이 모범을 보여야 할 사람이라는 뜻이다.

639

타인의 고통에 무관심한 이는 사회적 직분을 망각한 이다.

640

많은 사람들이 돈의 노예가 되어 있지만 자신이 노예임을 아는 이는
드물고
대부분의 사람들이 진리에 무지하지만 자신이 무지함을 아는 이는 더
욱 드물다.

641

삶의 비의와 섭리를 알고 보면
만나는 사람 모두가 내게 삶을 가르쳐주는 스승이다.

642

일생을 불평불만 없이 초연하게 살아갈 수 있는 사람,
그렇게 모든 순간에 자적할 수 있다면
지상의 신선이 아니고 무엇이랴.

643

자식은 부모의 끝을 볼 수 있지만 부모는 자식의 끝을 볼 수 없다.
죽으면서까지 자식을 염려하는 부모의 마음을 헤아릴 줄 알아야
비로소 부모님의 사랑이 어떤 것인지 알 수 있게 된다.

644

부모라는 존재는 지상의 하느님이요,
모든 이에게 첫 번째 생명의 은인이다.
부모는 아무 조건 없이 우리의 목숨을 평생 지켜내신 분이다.

645

효자는 부모님이 살아계실 때 근심하여 살피지만
불효자는 부모님이 돌아가신 후에야 후회하고 한탄한다.
 사람으로서 효도를 다하지 못하면 삶의 가장 중요한 일 하나를 하지
못한 것이다.

646

인생을 가장 잘 사는 한 가지 방법은
나를 아는 모든 사람이
나를 만난 것을 큰 행운이라고 생각할 수 있도록 사는 것이다.

647

누군가에게 그리운 존재가 된다는 것은 얼마나 큰 영예인가!
누군가에게 고마운 존재가 된다는 것은 얼마나 뜻 깊은 일인가!

648

빈부귀천을 따져서 사람을 차별하는 것이 소인의 마음이요
빈부귀천을 넘어서 사람을 동등하게 대하는 것이 대인의 마음이다.

649

따뜻한 영혼을 가지지 못한다면 삶의 진짜 의미를 알지 못할 것이요
 고매한 마음을 가지지 못한다면 삶의 진실이 무엇인지 깨우치지 못할
것이다.

650

좋은 성품은 속 깊은 마음의 그림자요
좋은 삶은 좋은 태도가 남긴 발자취다.

651

큰 나무는 뿌리 또한 깊고, 큰 강물은 수심 또한 깊다.
사람에겐 영혼이 그의 뿌리요, 마음이 그의 수심이다.

652

명예는 아름다운 삶을 따라다니는 그림자에 지나지 않는다.
그것은 단지 아름다운 영혼이 드리운 삶의 그림자인 것이다.

653

좋은 책이란 새로운 눈과 새로운 가슴을 가지게 하는 책이다.
삶에서 우리에게 영감을 주는 '좋은 사람' 또한 이와 마찬가지다.

654

먼지나 얼룩은 가까울 때 더 잘 보이듯이
한 사람의 인격은 사소한 일에서 더 잘 드러난다.

655

예나 지금이나 성실함은 온갖 미덕의 원천이요
이곳이든 저곳이든 진실함은 온갖 아름다움의 시원이다.

656

타인 앞에서
자신을 조금도 높이려거나 내세우지 않는 사람은
아상(我相)을 뛰어넘었거나 삶에 초탈한 사람이다.
그런 사람만이 진정으로 자신을 알고, 도를 안다고 말할 수 있다.

657

마음의 향기를 지닌 사람은
그 눈빛과 말과 행동에도 향기가 난다.
안에 있는 것이 자연스레 밖으로 배어나오기 때문이다.

658

적으로부터 칭찬과 존경을 얻어내는 것,
그것이 최고의 승리요, 최상의 영예요, 진정한 복수다.

659

배려와 베풂은 좋은 성품을 반증하는 가장 확실한 자질이다.
어느 곳에 있든 배려와 베풂은 다른 모든 자질을 보증하고 지원한다.

660

양보가 마음이 더 넉넉한 이만이 할 수 있는 특권이듯
베풂은 마음이 더 따뜻한 이만이 가질 수 있는 특권이다.

661

타인을 축복하는 것은 전혀 비용이 들지 않는다.
하지만 축복이 그 가슴에 깃들어 있지 않는 사람은
조금도 할 수 없는 일이다.

662

잘 웃지 않는 사람치고 성격이 좋은 사람은 드물다.

아이처럼 순수하게 웃을 수 있는 사람은 대개 마음에 천진을 간직한 사람이다.

663

약속은 지켜질 때만 약속이요,

이를 제외하면 죄다 허울 좋은 거짓말이거나 사기일 뿐이다.

이익과 권세를 좇는 사람들이 지키지 않을 약속을 남발하는 것은 이 때문이다.

664

나이가 들면서 세속적으로 변하지 않는 사람은 드물다.

세월이 가도 세파에 찌들지 않는 순수한 마음이란 그만큼 값진 것이다.

무릇 돈으로 살 수 없는 것은 언제나 돈보다 더 귀하다.

665

다른 사람을 바보로 여기는 것은 자신 또한 바보가 되는 일이요,

다른 사람을 천대하는 것은 자신이 천한 사람이 되는 지름길이다.

666

어디 가서도 잃어버릴 수 없는 것은 자신의 영혼이다.
가장 소중한 것은 언제나 잃어버릴 수 없는 것들 속에 있다.

667

아랫사람의 고통과 어려움을 모르고서
윗사람 노릇을 제대로 할 수 있는 사람은 없다.

668

가진 것은 많으나 자신의 이익밖에 모르는 사람
그런 사람일수록 자신이 세상에서
가장 보탬이 안 되는 존재임을 알지 못한다.

669

다른 사람의 공로와 선행을 밝혀주는 것은 세상에 빛을 더하는 일이요
쓰러진 사람을 일으켜 세우는 것은 세상의 한쪽을 일으켜 세우는 일이다.

670

산에 새가 많은 것은 나무가 많기 때문이요
바다에 고래가 사는 것은 수량이 많기 때문이다.

671

실력과 공명(功名)이 높더라도 마음은 늘 낮은 데를 향해야 한다.
자신을 높이려는 사람은 마음이 한쪽으로 기울고 고착된다.
진정한 고수는 자신을 높이려는 마음에서 이미 초연히 벗어나 있다.

672

선배가 선배답지 못하면 선배가 아니요
선생이 선생답지 못하면 선생이 아니다.
어떤 지위란 역할과 가치에 있지 '자리' 자체에 있는 것이 아니기 때문
이다.

673

세상엔 편견 없는 사람도 없고, 편심 없는 사람도 없다.
아울러 그것을 포용하지 않고서 사람을 편히 만날 수 있는 사람 또한
없다.

674

어떤 사람이든
일관성은 숨길 수 없는 그의 '삶의 진실'을 또렷이 보여준다.
일관성은 그 사람됨의 본질이요, 삶의 진면목이다.

675

똥은 포장을 잘 해도 똥이다.
거짓은 포장을 잘 해도 거짓이다.

676

침묵은 미덕이 될 수도 있고 악덕이 될 수 있다.
침묵이 미덕이 되는 경우는 대부분 이타적인 동기로 작용할 때이다.

677

나부터 스스로 좋은 모습을 보여주지 않으면
내 주장을 귀담아 듣거나 받아들일 사람은 없다.
자신이 온전히 체득하지 못한 것은 아직 설익은 진실이므로.

678

언행은 인품을 비추는 거울이요
마음은 인생을 비추는 거울이다.
욕망은 세상을 비추는 거울이요
무심은 우주를 비추는 거울이다.

679

세상에 좋은 말은 많아도 '좋은 사람'은 드물다.
좋은 사람이 되는 것이 좋은 말을 하는 것보다 훨씬 더 어렵기 때문이다.
행동보다 더 진실한 언어는 없다.

680

미덕과 인품은 그 어디에서도
잃어버리거나 바래지지 않는 삶의 보석이다.

681

친절과 배려는 나와 너를 이어주는 정신적 끈이요
세상을 따뜻하게 만드는 값없는 불씨다.

682

뒷모습이 아름다운 사람은
삶의 후광처럼 어떠한 미덕을 지닌 사람이다.

683

삶의 모든 아름다움은 언제나
사람을 사람답게 하는 '사람다움'에서 비롯된다.

684

다른 사람에게 기쁨을 주는 사람은 대체로
작은 일에도 기뻐할 줄 아는 사람,
사소한 일도 소중히 여길 줄 아는 사람이다.

685

선행은 삶의 울타리에 꽃씨를 뿌리는 일과 같다.
언젠가 그 꽃향기를 자신이 맡게 될 것이다.

686

돈은 삶에 있어 매우 중요한 것이다.
하지만 그보다 더 중요한 게 있다는 것을 모르면 속인을 면할 길이 없다.

687

순수한 영혼은 그 어디에 있든 마침표가 없는 한 편의 시와 같다.

688

인품과 세월을 함께 가진 이는 어른이 되지만
인품 없이 세월만 가진 이는 그냥 노인이 될 뿐이다.

689

지키지 못한 약속도 일종의 거짓말이요 일종의 사기이다.
약속을 한 당사자만 자신이 거짓말쟁이이자 사기꾼임을 모를 뿐.

690

미덕이란 꽃이 향기를 지니는 것과 같아서
가까워질수록 그 향기가 더 짙어진다.
미덕은 삶의 정원에 깃든 시들지 않는 영혼의 향기다.

691

진정한 스승은 섬김 받기를 원하지 않는다.
진정한 스승들은 자신을 높이려는 마음보다
늘 제자를 사랑하는 마음이 앞서는 이들이다.
그들은 제자가 자신의 또 다른 스승이자 거울임을 안다.

692

예의의 기본은 존중에 있고 존중의 기본은 경청하는 데 있다.
때때로 경청은 예의와 존중의 거의 모든 것이 되기도 한다.

693

금방 잊히는 죽음이 있고, 오래 기억되는 죽음이 있다.
죽어서 사람들에게 그리운 이가 되지 못한다면
살아서 세상에 뜻 깊은 일을 거의 못했다는 뜻이다.

694

아무리 많은 돈으로도 '이타심'을 살 수는 없다.
아무리 많은 돈도 정신적 빈곤을 채워주지는 못하는 것이다.

695

내가 손해 볼 줄 알아야 타인이 덕을 본다.
그런 마음이 보살의 마음이요 대인의 마음이다.

696

대인이란 대가 없이 줄 줄 아는 사람이요
대가 없이 타인과 세상을 위해 헌신할 줄 아는 사람이다.

697

능력과 자신감은 매력의 출발점이요,
인격과 교양은 매력의 도착점이다.

698

학문이 자기 수양의 방편이 되지 않으면
학문 활동은 인격 성장에 아무런 도움도 되지 않는다.
지식이 많거나 학벌이 높아도 인간됨에 진척이 없는 경우는 이 때문이다.

699

사랑과 인격은 떼려야 뗄 수가 없다.
하나가 다른 하나를 결정하기 때문이다.
사랑의 품격은 결코 그 인간됨의 수준을 속일 수 없다.

700

사람됨이나 인격은 지식이나 학벌보다
의식 수준과 마음의 질에 훨씬 더 크게 좌우된다.
껍질보다 알맹이가 더 본질적인 것이므로!

701

인격이 훌륭한 사람은 나보다 어려도 나의 스승이 된다.
설령 나보다 지위가 높고 나이가 많아도
배울 점이 없으면 그저 나보다 더 늙은 사람에 지나지 않는다.

702

태도나 매너는
가장 분명한 언어 중에 하나이며,
또한 가장 중요한 언어 중에 하나이다.

703

뛰어난 지성이 훌륭한 인격과 하나되지 못하면
그 지성이 가질 수 있는 가치와 품격과 아름다움과 영광은 크게 빛이
바래진다.

704

단지 상대의 말을 있는 그대로 잘 들어주기만 해도
타인을 위한 좋은 선물일 수가 있다.
넓고 깊고 따뜻한 귀는 좋은 인격의 출발점이다.

705

누구나 자신의 마음을 잘 알아주기를 바란다.
그 마음을 되돌려서
남의 마음을 잘 알아주는 것은 천사가 되는 기본기다.

706

인내심 없이 인생을 잘 부지하는 이는 세상에 한 명도 없다.
인내심이란 인생의 기본 토대요, 미덕과 인격의 근본 바탕이다.

707

나를 나답게 하는 것,
그것이 내가 삶에서 깨우쳐야 할 가장 중요한 것이다.
사람을 사람답게 하는 것,
그것이 우리가 인생에서 찾아야 할 가장 소중한 것이다.

708

지식과 경험의 깊이가 실력의 깊이를 결정하고
열정과 정성의 깊이가 체험의 깊이를 결정한다.
이해와 배려의 깊이가 인격의 깊이를 결정하고
고뇌와 사랑의 깊이가 영혼의 깊이를 결정한다.

709

손해볼 줄 아는 사람은 마음의 그릇이 더 큰 사람이요,
배려할 줄 아는 사람은 인생의 폭이 더 넓은 사람이다.

710

이타심은 세상에 가장 고귀하고 아름다운 보석이다.
그 보석은 아무리 많이 나누어도 줄어들거나 빛이 바래지 않는다.

711

불행한 사람들에게 마음과 어깨를 빌려주어라.
세상의 모든 불행은 우리가 서로 나누어 져야 할 짐과 같으니!

712

타인에게 꼭 필요한 존재가 되는 것보다 더 큰 기쁨이 어디 있으며
세상에 꼭 필요한 인재가 되는 것보다 더 큰 영예가 어디 있으랴!

713

최고의 예술은
작품 수준이 되는 아름다운 영혼을 가지거나
작품 수준이 되는 아름다운 삶을 사는 데 있다.

714

박수를 쳐줄 줄 아는 사람이 박수 받을 자격 있다.
희생할 줄 아는 사람이 희생 받을 자격이 있다.
구원할 줄 아는 사람이 구원 받을 자격이 있다.

715

가장 오래 가고 멀리 가는 향기는
좋은 글 속에 담긴 마르지 않는 영혼의 향기다.

716

타인에 대한 공감 능력을 빼고는 인간됨을 논할 수가 없다.
인간성이란 타인에 대한 이해와 수용 능력으로부터 시작되기 때문이다.

717

가르침에 있어 '모범을 보이는 것'은 무엇보다 중요하다.
모범을 보이지 않으면 거짓말이나 위선을 가르치는 격이 되기 때문이다.

6장

마음·생각·욕망·자유

마음 🖋

718

마음의 힘이 모든 힘의 근원지다.
마음의 평화가 모든 평화의 출발점이다.
마음의 중심이 세상 모든 중심의 유일한 기준점이다.

719

가슴은 모든 것에 대한 열쇠이자, 모든 것에 대한 자물쇠다.

720

구름 뒤의 하늘이 끝없이 광활한 것처럼
에고의 장벽에 가려져 있을 뿐 마음은 끝없이 광활하다.
그 광활함 속에 우리 영혼의 본질이 있다.

721

물고기가 늘 물속에서 살 듯
모든 사람은 언제나 자신의 의식 안에서 산다.
의식은 모든 운명의 자궁이자 그 정신의 테두리다.

722

우리가 가장 도달하기 어려운 곳은
일체의 회한과 증오와 두려움이 전혀 없는
우리 마음속의 무풍지대다.

723

감성은 가슴에 놓여있는 삶의 프리즘이다.
감성이 깨어 있지 않다는 것은 그 프리즘에 빛이 들어오지 않는 것과 같다.

724

억눌린 마음은 자신을 망가뜨리는 최고의 폭탄이다.
억압으로 해결될 수 있는 문제는 세상에 아무것도 없다.

725

뇌는 기억을 저장하고 마음은 감정을 저장한다.
기억은 항상 해석이라는 필터를 거쳐 감정이라는 결과물을 만들기에,
내 안에 쌓인 기억과 감정은 고스란히 내 삶의 구성요소가 된다.
삶에서 무엇보다 '해석'이 중요한 것은 이 때문이다.

726

현자가 현자일 수 있는 까닭은
마음이 넓고 넓어서 한쪽으로 치우칠 가능성이 적기 때문이다.

727

마음에는 수많은 겹이 있고 수많은 층이 있다.
그래서 내 마음과 네 마음 사이에는 더 많은 겹이 있고 더 많은 층이 있다.

728

사람의 마음은 개별로 보면 저마다 다르지만
크게 보면 대체로 비슷하고, 본질적 측면에서 보면 완전히 똑같다.

729

무의식은 마음의 저장고다.
그 속에 무엇을 담든 그것은 우리 자신이 되고,
우리가 늘 함께 하는 정신적 기원이 된다.
우리의 모든 행동은 늘 무의식에 그 뿌리를 두게 되므로….

730

마음이 큰 사람이란 귀가 큰 사람이다.
마음이 큰 사람이란 눈이 큰 사람이다.
오직 크고 깊은 마음만이 다른 마음들을 잘 들을 수 있고, 잘 볼 수 있다.

731

편안한 공간은 대체로 여유 있는 공간이요
편안한 사람은 대체로 여유 있는 사람이다.
여유는 마음의 여백에서 나온다.
마음에 여백이 있어야 그 삶에도 여유가 깃든다.

732

진실한 마음이 진실을 발견한다,
아름다운 마음이 아름다움을 발견하듯이!
감사하는 마음이 감사를 발견한다,
사랑하는 마음이 사랑을 발견하듯이!

733

그릇에 물을 아무리 많이 부어도 그 그릇 이상으로 담길 수는 없다.
마찬가지로 어떤 사람도 자신의 그릇 이상으로 성장하는 법은 없다.
마음은 인생을 담는 유일한 그릇이다.

734

마음이 닫힌 사람은 생각까지 닫힌다.
생각이 닫힌 사람은 관계까지 닫힌다.
그렇게 마음과 생각과 관계가 닫히면
어디서든 삶의 기운이 막히는 것을 필할 길이 없다.

735

성냥불은 작은 것이지만
그것이 계속 번져나가면 온 산을 다 태울 수도 있다.
우리의 모든 마음이 바로 그러한 성냥불과 같다.

736

마음의 주인이 되지 못하면
세상 그 어디를 가도 끝내 삶의 주인이 되지 못한다.
삶의 중심은 오직 자신의 마음 안에 있기 때문이다.

737

돈으로 살 수 있는 마음이 있고
돈으로 살 수 없는 마음이 있다.
그래서 돈으로 수 없는 마음은 돈보다 더 귀하다.

738

모든 복의 근원도 자신의 마음이요
모든 화의 근원도 자신의 마음이다.
마음은 화복이 드나드는 유일한 대문이다.

739

내가 마음을 다스리지 못하면
언제고 마음이 나를 다스린다.

740

호수의 수면은 바람이 없을 때만 잔잔해지듯이
사람의 내면은 오직 불만과 증오의 물결이 없을 때만 평온해진다.

741

세상에 마음을 닫은 사람은 스스로 그 닫힌 마음에 갇힌다.
나의 세계가 좁아지고 넓어지는 것은
단지 내 마음을 얼마나 열었느냐에 달렸을 뿐이다.

742

보이지 않는 것을 보고,
들리지 않는 것을 듣는 방법은
그 모든 것을 내 마음이 온전히 감쌀 때뿐이다.

743

바른 마음 하나가 백 가지 삿됨과 어리석음을 물리칠 수 있고
바른 생각 하나가 천 가지 유혹과 재앙을 피하게 할 수 있다.

744

세상에서 가장 채우기 어려운 것이 사람의 마음이나
세상에서 가장 비우기 어려운 것도 사람의 마음이다.

745

세상에서 가장 얻기 어려운 것이 타인의 마음이요,
세상에서 가장 잃기 쉬운 것이 자신의 마음이다.

746

차마 하지 못하는 마음이 있고

차마 하지 않을 수 없는 마음이 있다.

의로운 사람은 대부분 이 두 마음을 잘 지닌 이들이다.

747

마음은 인생을 빚는 반죽과 같다.

어떠한 인생을 빚든 그것은 자신의 마음으로 만들어진 것이다.

748

만약 이래도 하고 저래도 할 일이라면

걱정을 다 내려놓고 오로지 마음 편히 하는 것이 최상이다.

무릇 마음이 담대해야 무위의 집중이 나온다.

749

타인과 나를 비교하면 마음의 평화가 깨어지지 않는 순간이 없다.

비교하는 마음을 내려놓지 않으면 '나'는 늘 비교의 저울 위에 매달리게 된다.

750

마음이 원한(怨恨)이라는 웅덩이에 고이면
제 갈 길을 가지 못하고 소리 없이 썩어간다.

751

얼어 있는 강물은 흘러갈 수가 없다.
얼어 있는 호수는 하늘을 비출 수가 없다.
얼어 있는 마음은 인생을 껴안을 수가 없다.

752

세계의 모든 곳을 여행하더라도
자신의 마음 너머로 떠나보지 않은 사람은
아직 최고의 여행을 해보지 못한 사람이다.

753

마음을 우주만큼 넓히는 것
그것이 인생 수업의 본질이다.

754

'마음을 주는 것'과 '마음을 받는 것'
인생이 따뜻해지고 의미 있어지는 순간은
언제나 이 둘이 잘 순환될 때이다.

755

모든 이를 속여도 자기 마음은 속일 수가 없으며
천하를 다 얻어도 사람의 마음은 지배할 수가 없다.

756

인류의 문명은 죄다 편집의 산물이므로
어딜 가나 세상은 온갖 편집들로 가득하다.
하지만 그 중심에는 언제나 내 마음의 편집이 있다.

757

마음은 세월에 따라 늙는 것이 아니라
꿈과 이상과 용기와 열정을 잃을 때 늙어갈 뿐이다.

758

마음만큼 무거운 것도 없고 마음만큼 가벼운 것도 없다.
마음만큼 작은 것도 없고 마음만큼 큰 것도 없다.

759

세상에서 가장 아름다운 것은 아름다움을 보는 눈에 있고
세상에서 가장 고귀한 것은 고귀함을 느끼는 마음에 있다.

760

작은 불씨와 불씨가 그러하듯이
마음은 더할수록 더 따뜻해지지만
서로를 나눌수록 더 차가워진다.

761

70억의 사람이 있으면 70억 개의 다른 세계가 존재한다.
모든 사람은 저마다 자기 마음의 세계에서 살아가는 것이므로!

762

현미경과 망원경이 오로지 자신의 렌즈를 따라 사물을 보듯
삶에 대한 모든 해석은 언제나 마음의 렌즈인 자신의 의식 수준을 따른다.

763

해결되지 않은 마음의 문제는 해결될 때까지 내 삶에 계속 등장한다.
삶의 모든 문제는 마음공부를 위해 내게 주어진 하나의 시험이다.

764

삶의 모든 문제는 자기 안에 있는 마음의 문제에서 비롯된 것이다.
내 삶은 내 마음을 비추는 거울이요, 내 마음은 내 삶을 비추는 거울이다.

765

마음을 열어야
보이지 않던 것이 보이고, 들리지 않던 것이 들린다.
마음은 내 세계를 열고 닫는 유일한 문이다.

766

타인을 이기거나 자신을 내세우고 싶은 마음 때문에 우월감과 열등감
이 생긴다.

우월감과 열등감은 너와 나를 비교의 저울에 매다는 두 족쇄다.

767

타인의 고통과 불행보다 늘 내 고통과 불행이 더 커 보이는 것은
내 시각이 오로지 내 마음에만 붙들려 있기 때문이다.

768

내가 내 마음과 편안히 지낼 수 있어야
내가 어딜 가든 내 삶을 편안하게 이끌 수 있다.

내 마음은 내 삶의 초석이요, 가장 큰 울타리다.

769

어디를 가든 내가 마주하는 것은 나 자신이다.

어디에 있든 내가 머무는 곳은 내 마음속이다.

770

한 개의 눈으로 천 개의 눈을 바라볼 수 있듯이
하나의 마음으로 천 가지의 마음을 담을 수 있다.

771

후회는 생각할수록 더 깊어지는 늪과 같고
걱정은 생각할수록 더 쪼여드는 족쇄와 같다.

772

불만과 분노가 담긴 가슴에는 평온함이 깃들 수 없다.
뒤집어져 있는 그릇에는 물을 담을 수 없듯이!

773

사람을 미워하고서 영적 성장을 이룰 수는 없다.
미움과 정체는 늘 함께 머문다.

774

오감은 삶을 깨우는 문이다.
오감이 생생하게 살아있지 않으면 그 삶은 시들해질 수밖에 없다.

775

아이들의 웃음과 동심은
사람들의 마음을 금세 한 데로 모을 수 있는
가장 순수하고도 효과적인 에너지다.

776

마음은 그 속에 무엇을 담느냐에 따라
쓰레기통이 되기도 하고 보물창고가 되기도 한다.

777

마음에 여유가 없을 때 관용과 유연성이 줄어들고
생각에 여유가 없을 때 시야와 융통성이 굳어진다.

778

이해받지 못한 사람은 마음의 문을 열지 않는다.
마음의 문을 여는 열쇠는 이해와 존중뿐이다.

779

억압된 감정이 배출되지 않으면
우리의 내면은 연통이 막혀버린 굴뚝과 같아진다.
자신의 감정을 정화하는 것이 천 권의 철학책을 읽는 것보다 더 중요
하다.

780

감정보다 차가운 것도 없고 감정보다 따뜻한 것도 없다.
감정보다 날카로운 것도 없고 감정보다 포근한 것도 없다.

781

몸은 마음의 대변인이다.
몸은 마음과 직결되어 있어서 거짓말을 하지 못한다.

생각

782

내 삶의 범위는 무엇보다 내가 가진 생각들에 기초한다.

783

생각의 고착이 관점의 고착을 낳고
관점의 고착이 운명의 고착을 낳는다.

784

우리의 안에 있는 생각의 샘은 사시사철 마르는 법이 없다.
하지만 그 샘은 생각하지 않을 때는 쉽게 마른다.
생각의 원천은 생각하고 또 생각하는 데서 생겨나기에….

785

벽돌을 쌓는 방식에 따라 성벽의 모양이 결정되듯이
생각을 쌓는 방식에 따라 삶의 방식이 결정된다.
사고방식이 곧 그 사람의 운명적 틀이 되는 이유이다.

786

크게 생각하기, 구체적으로 생각하기, 유연하게 생각하기!
이 세 가지가 최상의 생각을 이끄는 트로이카이다.

787

진심이 아닌 고백은 고백이 아니듯이
나의 진실을 일깨우는 생각이 아니면 참된 생각이 아니다.
내 삶을 성장하게 하는 생각이 아니면 참된 생각이 아니다.

788

세상 사람들의 '생각'에는 원본보다 모조품이나 복제품이 훨씬 더 많다.
이는 사람들이 그만큼 생각 없이 살아간다는 뜻이다.
생각의 원본을 창출하지 못하는 사람은 주체적인 인간이 될 수 없다.

789

나의 수많은 생각 중에는
힘이 빠지게 하는 생각이 있고, 힘을 더해주는 생각이 있다.
어느 쪽을 선택하느냐에 따라,
나는 힘 빠지는 사람이 될 수 있고 힘이 샘솟는 사람이 될 수도 있다.

790

시각, 청각, 후각, 미각, 촉각에
생각과 자각이 더해져야
비로소 온전한 삶의 감각을 가질 수 있게 된다.

791

삶을 절실하게 살지 않는 사람은 질문 없이 살아간다.
때문에 질문 없이 살아가는 사람은 생각 없이 살아간다.

792

실제 현실보다 두려움과 불안이 사람을 더 좀먹는다.
나를 가장 힘들게 하는 것은 상황이 아니라,
상황에 대한 나의 어두운 생각과 감정이다.

793

자신이 하는 모든 생각과 모든 말은 자기주술의 일종이다.

794

내가 읽은 좋은 책은 내 삶의 그늘이 되고
내가 만난 좋은 사람은 내 삶의 불빛이 되고
내가 가진 좋은 생각은 내 삶의 기둥이 된다.

795

내가 반복적으로 자주 하는 생각에 내 삶의 음영이 가장 많이 깃든다.
생각의 수준은 곧 정신세계의 수준이니
그러한 정신세계의 수준은 삶을 만드는 거푸집과 다름없다.

796

평소에 생각이 잘 정리 정돈되어 있어야
적시에 필요하고 중요한 것에 잘 집중할 수 있다.

797

큰 범종이 울림이 더 큰 것처럼
큰 고통이 없는 사람은 큰 고뇌가 없고
큰 고뇌가 없는 사람은 큰 생각을 하지 못한다.

798

너그럽지 못한 사람은 외로움을 피할 길이 없으며
생각이 유연하지 못한 사람은 완고함을 피할 길이 없다.

799

생각에 여백이 없는 이는 생각이 경직되듯이
마음에 여백이 없는 이는 마음이 각박해진다.

800

믿음은 생각의 힘을 포개는 압축기이다.

801

세상의 잣대로만 보고, 세상의 기준으로만 생각하는 사람은
자신의 눈이 없고, 자신의 생각이 없는 사람에 지나지 않는다.

욕망

802

자신의 욕망을 부정하는 것은
삶 자체와 자신의 생명력을 부정하는 것과 다를 바 없다.

803

배를 띄우는 것도 물이요 배를 가라앉게 하는 것도 물이다.
삶이란 욕망이라는 물 위에 떠 있는 배와 같다.

804

삶의 욕망은 나를 세우기도 하고 나를 넘어뜨리기도 한다.
인생의 모든 빛과 그늘은
단 하나의 예외 없이 욕망으로부터 자란 것이다.

805

인간에게 욕망이 있는 한
그 욕망 때문에 생기는 좌절 또한 필연적인 것이다.
모든 이의 삶은 단지 욕망의 성취와 좌절 사이에 존재한다.

806

자신의 모든 욕망을 솔직하게 인정하지 않는 것은 자기기만이요 자기 부정이다.

기만과 부정으로는 끝내 자신의 진실과 행복을 찾을 수가 없다.

807

자신은 타인을 이롭게 하지 못하면서
하늘이 자기를 이롭게 하기를 바라는 것을
이름하여 분수 밖의 과욕(過慾)이라 한다.

808

인생이란 한 사람의 영혼의 그림자요
번뇌와 상처는 그 사람의 욕망의 그림자다.

809

같아지려는 욕구와 달라지려는 욕구 사이에
개개의 인간이 있고, 각자의 인생이 있으며,
수없는 예술이 있고, 수많은 세상이 있다.

810

욕망은 그 사람의 내면을 비추는 가장 확실한 거울이다.
그 사람이 가진 욕망의 수준이 곧 그 사람의 영혼의 수준을 결정한다.

811

모든 죄악의 근본은 이기심과 이해 부족과 두려움이다.

812

지성의 본질은 이기심에서 벗어나는 데 있다.
그것은 영혼의 성숙됨을 보여주는 가장 확실한 증표와 같다.

813

모든 무기 속에는 이기심과 두려움과 야만이 함께 들어 있다.

814

나와 타인을 가르는 이기심에서 벗어나지 못하면
삶에서 꼭 알아야 할 진리를 거의 아무것도 모르는 것과 다름없다.

815

세상에 존재하는 악마란 단지 이기심의 다른 이름일 뿐이다.
세상엔 이 외에 어떤 악마도 존재하지 않는다.
분리 의식과 이기심은 모든 죄악의 뿌리다.

816

이기심에 기초한 탐욕은 악마의 심장을 공유한다.
탐욕은 타인과 세상에 반드시 상처와 부조화를 남기기 때문이다.

817

통속적인 사람들은 삶에 대한 의문이 없다.
　그들은 삶의 가치와 신비에 대해 깊이 고민할 줄 모르는 사람들이기
때문이다.
　그들에겐 부귀영화가 삶의 유일한 신앙일 뿐이다.

818

아무리 많은 돈으로도 훌륭한 인품을 살 수는 없다.
아무리 많은 재산으로도 욕망에 초연한 마음을 얻을 수는 없다.
돈으로 얻을 수 없는 것들은 언제나 돈으로 살 수 없는 가치가 있으며,
끝내 돈에 의해 방해받거나 훼손되지 않는다.

819

세상물정을 살피는 데는
사람들의 온갖 욕망을 간파하는 것만큼 빠르고 정확한 것이 없다.
세상은 욕망의 바다이자, 욕망의 각축장이며, 욕망의 파노라마다.

820

마음은 영원과 우주를 담는 그릇이 될 수도 있고
자기 욕망의 그림자만 담는 그릇이 될 수도 있다.

821

자기 마음 너머를 볼 때와
자기 욕망 너머를 볼 때가
우리 영혼이 거듭나는 때이다.

822

이기심에서 오롯이 벗어나는 것,
타인을 오롯이 나처럼 사랑하는 것,
이것이 만인이 닦아야 할 궁극의 대도(大道)이다.

823

우리는 누구나 자신의 모든 욕망으로부터 초연해지는 법을 배워야 한다.
그것이 자신의 마음과 자기 인생으로부터 초연해지는 유일한 길이므로!

자유

824

마음의 평화가 곧 진정한 자유다.
마음의 부조화와 불만 속에서 진정한 자유로움을 느낄 수 있는 사람은
아무도 없으므로!

825

무엇을 미워하거나 싫어한다는 것은
그것으로부터 전혀 자유롭지 못하다는 뜻이다.

826

마음에 거슬리는 게 아무것도 없어야 진정한 자유다.
마음에 거슬리는 게 있을 때마다 나는 그것에 얽매인다.
마음에 거슬리는 일과 거슬리는 사람이 없어야 진정한 자유다.

827

내 안에 미운 사람이 하나도 없어야
나는 비로소 내 마음으로부터 온전히 자유로워질 수 있다.
이러한 마음의 자유는 영적 성장의 확실한 실증이다.

828

모든 이를 용서하는 이만이
모든 이들과 자기 자신으로부터 자유로울 수 있다.
미움과 분노와 원망은 모두 내 마음을 구속하는 가장 강력한 족쇄다.

829

지나간 모든 것에 감사할 수 있는 사람만이
다가올 모든 것에도 감사할 수 있다.
지나간 모든 것에 자유로울 수 있는 사람만이
다가올 모든 것에도 자유로울 수 있다.

830

모든 것을 내려놓은 이만이 모든 것을 받아들일 수 있다.
모든 것을 받아들인 이만이 모든 것에서 자유로울 수 있다.
모든 것에서 자유로운 이만이 모든 것을 품어 안을 수 있다.

831

'나'는 늘 내 마음의 틀에 갇혀 있다.
자기 마음의 속박에서 벗어나지 않으면
끝내 삶의 자유가 자신으로부터의 자유임을 알지 못한다.

832

자신의 모든 감정을 있는 그대로 수용하고 사랑하는 것은
자신을 온전히 사랑하는 첫걸음이요,
자기감정으로부터 자유로워지는 유일한 길이다.

833

정체성은 나를 세우는 기준이 되기도 하고
나를 가두는 의식의 감옥이 되기도 한다.
정녕 나로부터의 자유가 모든 자유의 시작이다.

834

모든 감정으로부터의 자유,
모든 과거로부터의 자유,
그것이 모든 자유의 종가다.

835

세상의 모든 이해득실에서 완전히 자유로운 사람,
그런 사람이 바로 세상의 초인이다.

7장

사랑·행복

836

사랑은 우주의 중심이다.
사랑은 세상의 중심이다.
사랑은 인생의 중심이다.
사랑은 마음의 중심이다.

837

이해는 사랑의 출발점이요, 사랑은 행복의 출발점이다.
이해는 나를 넘어서는 시작점이요, 사랑은 나를 넘어선 도착점이다.

838

진실한 사랑은 조건이나 상황에 잘 흔들리지 않는다.
그것은 어떤 조건이나 상황에서 비롯된 것이 아니기 때문이다.
자식이 부모를 닮듯이 결과는 동기를 닮는다.

839

진실한 사랑이 절정으로 피어날 때는
천국의 장미 향기가 번진다.
그 향기를 오래 맡을 수 있는 것은 삶의 크나큰 축복이다.

840

그림을 자주 보는 사람은 그림을 좋아하는 사람이다.
사랑한다는 것은 상대의 마음을 자주 바라봐주는 것이다.

841

사랑하기 전보다 더 나은 사람이 되지 못한다면
그것은 사랑한 게 아니다.
진실한 사랑은 반드시 어떠한 성장을 가져온다.

842

깊이 생각하지 않는다면 깊이 사랑할 수도 없다.
깊이 사랑하지 않는다면 인생이 깊어지는 법도 알 수가 없다.

843

인생은 고뇌 없이는 깊어질 수 없는 샘과 같다.
사랑은 내어줌 없이는 하나가 될 수 없는 강물과 같다.

844

사랑의 목적은 '사랑'이지 결혼이 아니다.
사랑의 가치는 사랑하는 데 있으니,
결혼은 사랑의 작은 결과요 하나의 과정일 뿐이다.

845

연애나 결혼에 실패라는 것은 없다.
그것은 모두 하나의 과정일 뿐이다.
사랑에는 오직 사랑하지 않는 것만이 실패일 뿐이다.

846

무엇을 아느냐도 중요하지만, 무엇을 실천하느냐는 더 중요하다.
무엇을 사랑하느냐도 중요하지만, 어떻게 사랑하느냐는 더 중요하다.

847

신의 눈에는 모든 사람이 고귀하다.
사랑을 실현한다는 것은 신의 관점을 가지는 것으로부터 시작된다.

848

조건 없는 사랑이란 자신에게서 시작되어 한없이 넓어지는 원과 같다.
조건 없는 수용이란 세상 모든 것이 자기 안으로 들어오는 블랙홀과 같다.

849

어느 곳에 있든 정의의 편에 서라.
진실과 사랑이 있는 곳이 정의의 편이다.

850

타인을 긍정하는 것은 자신을 긍정하는 것이요,
세상을 사랑하는 것은 자신을 사랑하는 것이다.
타인과 세상은 나의 일부이자 내 삶의 일부이기 때문이다.

851

깊이 이해한다면 배려하지 않을 수 없고
깊이 배려한다면 사랑하지 않을 수 없다.
하여 깊이 이해한다면 사랑으로 바뀌지 않을 것이 없다.
깊고 폭넓은 이해는 대자비의 시작점이다.

852

세상에서 가장 높은 사람은
사리사욕을 줄이고 타인을 위해 헌신하는 사람이다.
조건 없는 사랑은 언제나 모든 것 위에 있다.

853

사랑은 우리의 가슴을 열게 한다.
하지만 사랑이 아닌 모든 것은 우리의 가슴을 닫히게 한다.
열린 가슴이 아니라 닫힌 가슴으로 사는 것, 그것이 가장 불우한 삶이다.

854

사랑이란 우리에게 끊임없이 들려오는 천국의 배경음악과 같다.

855

깊이 사랑하는 연인들은 때때로 눈빛으로 더 많은 말을 주고받는다.
사랑하는 이의 눈빛은 삶의 오아시스거나 혹은 그 이상이다!

856

진실한 우정이 이해타산으로부터 멀리 떨어져 있듯이
진실한 사랑은 돈이나 조건으로부터 가장 멀리 떨어져 있다.

857

조건 없는 사랑은 자신을 내세우는 법이 없다.
조건 없는 베풂은 자신을 자랑하는 법이 없다.

858

친절에 대해 가장 잘 아는 사람은 가장 많이 친절을 실천한 사람이듯
사랑에 대해 가장 잘 아는 사람은 가장 많이 사랑을 실천한 사람이다.

859

내가 타인을 사랑한 양과
내가 타인으로부터 받은 사랑의 양,
이 두 가지의 합이 바로 내가 이룬 사랑의 성과이자 내 삶의 성과이다.

860

세상에 무질서가 아무리 많아도 질서가 기준인 것처럼
세상에 무지몽매한 이가 아무리 많아도 깨어난 사람이 기준이요,
세상에 거짓과 갈등이 아무리 많아도 진실과 사랑이 기준이다.

861

세상에서 가장 강하고 지혜로운 사람은
자신의 내면을 사랑으로 가득 채운 사람,
늘 마음의 평화를 유지할 수 있는 사람이다.

862

세상에서 가장 높은 사람은 타인으로부터 가장 많이 사랑받는 사람이다.
세상에서 가장 높은 나라는 타국으로부터 가장 많이 사랑받는 나라이다.
오직 사랑만이 진정으로 가치 있는 힘이요 영예이기 때문이다.

863

사랑이 없는 인생은 사과가 없는 사과나무와 같다.
우정이 없는 인생은 나무가 없는 숲과 같다.

864

타인을 존중하는 것은 자기 존중의 일환이듯이
타인을 사랑하는 것은 자기 사랑의 다양한 외연이다.

865

깊은 사랑은 천 개의 눈과 귀를 가지고 있다.
하지만 그것은 모두 하나의 가슴으로 스며든다.

866

청춘의 사랑은 마음의 무지개요, 중년의 사랑은 마음의 화롯불이다.
참된 사랑은 시간이 흐를수록 그 무늬를 더욱 또렷하게 만든다.

867

우정은 마음을 나누는 것이요, 사랑은 마음을 포개는 것이다.
우정이든 사랑이든 이는 내 마음을 더 크게 만드는 것이다.

868

현실적 측면을 봤을 때
사랑이 모든 것을 이기지는 않지만
모든 것을 가치 있게 만드는 것은 사랑이 없이는 불가능하다.

869

마음의 평화를 얻지 못한다면 고매한 철학이 무슨 소용이 있는가?
사랑을 실천하지 못한다면 아름다운 말들이 무슨 의미가 있는가?

870

사랑은 이해와 떨어질래야 떨어질 수가 없고
존중은 배려와 떨어질래야 떨어질 수가 없다.

871

정의의 저울은 사랑의 손에 쥐어졌을 때만 제대로 작동한다.

872

간절함을 가진 사랑은 더 보탤 것이 없고
진실함을 잃어버린 사랑은 더 잃을 것이 없다.

873

인생을 사랑하지 않고서 인생을 제대로 알 수 없는 것처럼
사람을 사랑하지 않고서는 그 사람을 제대로 알 수는 없는 법이다.

874

세상에 사랑보다 더 넓은 길은 없다.
인생에 진실함보다 더 안온한 집은 없다.

875

지성을 품은 사랑이라야 그 사랑의 품격이 높아지고
사랑을 품은 지성이라야 그 지성의 깊이가 더해진다.

876

'사랑'을 인생의 최종 결론으로 삼아야 한다.
결론이 잘못되면 그 어떤 삶도 온전해질 수 없다.

행복

877

행복한 사람들이 불행한 사람들보다 삶에 대한 시야가 더 넓고 더 밝다.
어디서든 행복할 수 있는 능력은 최상의 지혜와 통하는 문이다.

878

지금 이 순간을 온전히 받아들이고 사랑하지 않는 사람은
가장 중요한 '현재'를 미워하고 거부하고 있는 것이다.
매 순간순간 행복하려면 매 순간순간을 사랑해야 한다.

879

행복은 고립이 아니라 조화에서 온다.
생각의 조화, 자신과의 조화, 타인과의 조화, 세상과의 조화!
행복은 나와 나 아닌 모든 것들의 조화에서 온다.

880

인생에서 가장 중요한 일은 스스로가 행복해지는 것이요,
인생에서 가장 가치 있는 일은 타인을 행복하게 하는 것이다.
하지만 이 두 가지는 결코 분리되어서는 안 되는 일이다.

881

인생을 사랑하는 법을 모르는 것은 행복해지는 법을 모르는 것과 같다.
타인을 사랑하는 법을 모르는 것은 타인으로부터 사랑받는 법을 모르는 것과 같다.

882

삶에서 행복을 가장 많이 누리는 사람은
사랑과 지혜와 열정과 초연함을 함께 가진 사람이다.

883

자기 마음을 다스릴 수 있는 법을 배우지 못하면
행복해질 수 있는 법을 배우지 못하는 것과 같다.

884

이상적인 삶의 자세와 행동을 배우는 것은
행복을 찾아가는 지름길이다.
행복은 오직 내가 준비가 되었을 때만 나를 만나준다.

885

어디에 있든 긍정의 눈이 부정의 눈보다
더 많은 희망과 가능성과 행복을 발견한다.

886

불행에는 결코 행복에서는 배울 수 없는 것들이 있고
행복에는 결코 불행에서는 배울 수 없는 것들이 있다.

887

화기(和氣)는 상서로움을 싣고 오는 수레다.
행복과 행운은 거의 대부분 이 수레를 함께 타고 온다.

888

기쁨을 함께할 친구는 많아도 슬픔을 함께할 친구는 많지 않으며
행복을 함께할 연인은 많아도 불행을 함께할 연인은 많지 않다.

889

나로 하여 불행한 이가 있다면 나 또한 불행해질 것이요
나로 하여 행복한 이가 있다면 나 또한 행복해질 것이다.
그 모든 것은 내가 뿌리고 거둔 나의 씨앗과 열매일 뿐이다.

890

타인을 기쁘게 하는 것은 내 기쁨의 밑거름이요,
타인을 행복하게 하는 것은 내 행복의 자산이며,
타인을 잘되게 하는 것은 나를 잘되게 하는 확실한 버팀목이다.

891

땅을 일군 이만이 씨앗을 뿌릴 수 있듯이
사랑과 행복은 오직 마음의 준비가 되어 있는 사람에게만 눈길을 보낸다.

892

사람들은 우울한 사람보다 행복한 사람을 더 좋아한다.
불씨를 가진 이만이 불씨를 전해줄 수 있는 것처럼
내 내면이 밝아지는 것은 타인에게 행복을 전하는 첫걸음이다.

893

피가 잘 순환해야 몸이 건강한 것처럼
이익과 행복은 타인과 나눌 때 그 가치가 훨씬 더 높아진다.

894

그 누구든 사람과 세상을 사랑하지 않고서는
끝내 행복의 통로를 찾을 수 없다.

895

타인에게 기쁨과 행복을 주는 것,
 인간이 만들어내는 삶의 고귀함은 예외 없이 모두 이 하나의 지점으로
흐른다.

896

서로 사랑과 존중을 나눌 줄 모르는 것이 영혼의 가장 큰 무지이다.
서로 이익과 행복을 나눌 줄 모르는 것이 사회의 가장 큰 불행이다.

897

내가 내 얼굴에 지은 미소도 중요하지만
내가 타인의 얼굴에 만든 미소도 중요하다.
타인을 미소 짓게 한 삶만이
자신의 삶에 대해서도 진정으로 미소 지을 수 있다.

898

완전한 행복은 완전한 만족 속에 있고,
완전한 만족은 완전한 받아들임 속에 있고,
완전한 받아들임은 완전한 내려놓음과 내맡김 속에 있다.

8장

사회·국가·정치·교육

899

재산이 아주 많다는 것은
한정된 재화를 개인이 독점하고 있다는 뜻이다.
그 돈으로 좋은 일을 많이 하지 않는다면,
그것은 하나의 사회악이지 어떠한 성공이나 자랑거리도 아니다.

900

돈이 인간보다 우위에 있을 때가 너무 많다는 점
이것이 자본주의가 양산한 가장 큰 비극이다.

901

건강한 사회란 사회 구성원들이
자유롭게 건강한 비판을 쏟아낼 수 있는 사회이다.
그러한 비판 기능이 없는 사회는 반드시 매우 경직되거나 부패한다.

902

좋은 사회란 사실을 사실대로 이야기하고
진실을 진실대로 이야기할 수 있는 사회이다.
때문에 좋은 사회란 사실과 진실만으로 서로 소통할 수 있는 사회이다.

903

남성과 여성이 평등하지 않은 사회는
윤리·도덕의 기반이 한쪽으로 기울어져 있는 사회다.
기본 토대가 기울어져 있는 만큼 부조화는 반드시 발생한다.
왜냐하면 기울어짐 그 자체가 심각한 부조화이기 때문이다.

904

적선(積善)과 적덕(積德)이 적금(積金)보다 못하다고 여기는 사회는
결코 서로를 위하는 아름답고 건강한 사회가 되지 못한다.

905

물이 아래로 흐르는 것이 순리이듯
사회의 관심과 지원과 복지는 가장 낮은 곳으로 흐르는 것이 순리이다.

906

사회적 불평등과 양극화는
그 사회가 지닌 정신적 빈곤과 영혼의 부조화가
고스란히 반영된 결과에 지나지 않는다.

907

병든 사회는 어떤 면에서든 물질적 가치만 중요시할 뿐
눈에 보이지 않는 영혼의 재산은 헌신짝 취급을 한다.

908

약자를 배려하지 않는 사회는
어떠한 형태로든 야만성과 정신적 미숙함을 견지하고 있다.

909

우리가 만들어가야 할 세상은
이타적인 세상이지 이기적인 세상이 아니다.
이기적인 것은 승리가 아니라 패배 그 자체다.

인류

910

역사의 모든 불행은 인간들의 의식과 욕망이 부딪친 결과이다.
역사의 모든 파편들은 의식과 욕망의 조화가
인류에게 가장 중요한 지상 과제임을 되풀이해서 보여준다.

911

세상의 모든 싸움은 상대방의 입장을 충분히 고려하지 않아서 생긴다.
이를 달리 말하면, 상대방의 입장을 충분히 고려하는 것은
화합을 위한 최상의 지혜와 미덕이 된다는 뜻이다.
입장 바꿔 생각하기! 이 안에 인류 평화의 모든 답이 들어 있다

912

사람의 공격성은 마음의 편협함에서 나온다.
세상의 모든 폭력은 한쪽으로 치우친 생각이 낳은 결과다.
치우친 생각과 그 생각에 대한 집착, 이것이 인류의 유일한 적이다.

913

전 인류가 가슴 속에 높이 세워야 할 윤리의 원칙은
자신들의 이익을 위해 집단적인 살인을 하지 않기로 약속하는 것이다.
전쟁이란 자기 이익을 위해 집단적인 살인을 자행하는 것,
그 이상도 그 이하도 아니기 때문이다.

914

자신의 조국을 사랑하는 마음으로 다른 나라를 사랑해야 하고
다른 나라를 사랑하는 마음으로 전 인류를 사랑해야 한다.
지구에 평화와 번영이 깃들게 하는 길은 오직 이뿐이다.

915

무기를 양산하는 세상에 무슨 지성이 있으며
전쟁의 불씨가 사라지지 않는 세상에 무슨 인간성이 있는가!

916

무기가 가장 잘 사용되는 경우는
완전히 폐기 처분되거나
먼 과거의 유산으로 박물관에 보관되는 경우이다.

917

핵폭탄을 만든 씨앗은 인간의 이기심과 두려움이다.
세상의 모든 무기는 이기심과 두려움의 물질적 현시이다.

918

강대국이 되겠다는 야욕은
정신병자가 화약고를 가슴에 품고 있고 있는 것과 같다.

919

사랑으로 얻을 수 있는 것을 폭력으로 얻는 것,

협력으로 얻을 수 있는 것을 전쟁으로 잃는 것,

이것이 인류의 가장 큰 죄악이요 어리석음이다.

920

우리가 진정 나누는 법과 협력하는 법을 배운다면,

우리는 전쟁 없이도 우리가 원하는 것을 더 많이 얻을 수 있을 것이다.

우리에게 부족한 것은 물질이 아니라, 온전한 정신일 뿐!

921

국가 이기주의는 모든 전쟁의 불씨다.

우리 마음속에서 그 눈 먼 불씨 하나만 끄면

인류 평화는 절로 실현될 것이다.

922

핵폭탄보다 더 위험한 것은 인류가 가진 독점욕과 지배욕이다.

이 두 가지를 버리지 않는 한

세상에 전쟁의 불씨가 사라지는 날은 끝내 오지 않을 것이다.

923

용서와 화해야말로
세상에 평화를 불러오는 최고의 기적이다.
그러한 기적이 문명의 진정한 진화를 이끈다.

924

한 사람 한 사람의 깨어남으로 이루어지는
인류의 영적 성장은
모든 세계 평화의 시작이자 끝이다.

925

개인에서 국가에 이르기까지 모든 평화는 평등에서 나온다.
반평화는 곧 반평등과 정비례한다.
반평화는 반드시 평등관계를 무너뜨리는 폭력에서 시작되기 때문이다.

926

인간에 대한 존중은 인종과 성별과 계급과 국가를 초월해야 한다.
그런 것을 초월하지 않고서 어찌 인간에 대한 존중이라고 할 수 있겠는가.
인간에 대한 존중이란 '생명' 이 하나만을 놓고
너와 내가 동일한 가치를 지닌 동등한 인간임을 인정한다는 뜻이다.

927

인종에 대한 편견에서 자유로운 사람,

조국에 대한 집착에서 자유로운 사람,

모든 정의와 평화는 인간에 대한 존중에 있음을 아는 사람,

이런 사람만이 진정한 세계의 시민이 된다.

928

우리는 모두 세계의 시민이요 인류라는 가족의 구성원이다.

우리는 손에 손을 잡고 마음과 마음을 모아 하나의 원을 만들어야 한다.

서로를 이어주는 생명의 원을 지구 위에 그리는 것은 우리 모두의 고
귀한 소임이다.

정치

929

예술이나 성직의 수준에 이른 정치만이 진정한 정치라고 말할 수 있다.

그런 경우가 아니라면 정치가 정치다워지는 경우는 거의 없을 것이므로!

930

천 개의 눈, 천 개의 귀, 천 개의 마음!

이것이 정치인이 반드시 가져야 할 세 가지 역량이다.

931

평화주의자가 아닌 사람은
정치인이라 불릴 자격이 전혀 없는 사람이다.
정치는 만인의 행복과 번영을 위한 것이기 때문이다.

932

학교를 위해 학생이 만들어진 것이 아니라 학생을 위해 학교가 만들어진 것이듯
국민을 위해 정치권력이 만들어진 것이지 정치권력을 위해 국민이 만들어진 것이 아니다.

933

물이 아래로 흐르듯 권력이란 아래로 흘러야 한다.
아래로 흐르지 않으면 가장 낮은 곳까지 적실 수가 없기 때문이다.
아래로 흐르지 않는 권력은 광기 어린 역류일 뿐이다.

934

자기 이익밖에 모르는 이기적인 부자는 사회의 암 세포와 같고,
무능하고 탐욕스런 정치 세력은 나라의 암 덩어리와 같다.

935

악정(惡政)을 능가하는 악은 세상 그 어디에도 존재하지 않는다.

936

세상의 모든 악정(惡政)은 거짓말과 속임수에 기초해 있다는 점에서 동일하다.

937

약육강식과 승자독식을 교묘히 조장하는 정치나 경제학은
스스로 짐승 수준이 되겠다는 공표나 다를 바 없다.

938

좋은 정치란 좋은 정책을 만드는 일과
그 정책을 실행할 힘과 지혜를 얻는 데서 이루어진다.

939

정직하지 않은 정치인은 대개 더 볼 것이 없다.
허나 이를 좌시만 하는 국민 또한 더 기대할 게 없다.

940

독재란 국가권력을 가지고
자기 마음대로 국민들에게 조폭 행세를 하는 것과 다를 바 없다.
독재란 권력욕이 부른 악마성의 극치일 뿐이다.

고육

941

정치는 나라의 뇌와 같고
교육은 나라의 심장과 같다.

942

씨앗을 뿌리는 사람은
그 씨앗의 미래를 미리 보는 사람이다.
교육을 맡은 사람의 마음도 늘 이와 같아야 한다.

943

가장 무능한 교육은
자신이 받고 있는 교육 방식 자체에 대해
사고할 수 없도록 가르치는 교육이다.

944

교육은 만인의 번영을 위한 성직이요
제2의 탄생을 만드는 가장 위대한 예술이다.

945

'책 읽는 사람'으로 만드는 것이 모든 교육의 요체다.
왜냐하면 책을 읽는 사람이란 지적 호기심을 가진 사람이요,
평생 자기 학습을 스스로 지속할 수 있는 사람이라는 뜻이기 때문이다.

946

교육의 가치는 첫째 책 읽는 사람을 만드는 데 있고
둘째 읽는 것에 대해 생각할 줄 아는 사람을 만드는 데 있고
셋째 읽고 생각한 것을 가치 있게 사용할 줄 아는 사람을 만드는 데 있다.

947

교육의 목적은 획일적인 인간이 아니라
변화와 다양성의 가치를 아는 인간을 만드는 데 있다.
변화와 다양성은 창의력과 주체성을 낳는 기본 토대다.

9장

진리·깨달음·종교

진리

948

어떤 세계관 안에만 있는 사람은
그 세계관 밖에 무엇이 있는지를 알지 못한다.

949

바다는 가뭄이 들거나 홍수가 나도 더 커지거나 더 작아지지 않는다.
자기 안에서 내면의 바다를 찾은 사람도 또한 그러할 것이다.

950

인과응보는 하늘의 섭리를 가르치는 시간의 거울이다.
그 거울 앞에서 인간이 숨길 수 있는 것은 아무것도 없다.

951

하늘에는 우리의 눈보다 더 큰 눈이 있다.
그 눈을 찾아보는 것은 모든 인간에게 주어진 아름다운 소명이다.

952

지금 이 순간은 '영원'이 깃드는 우주의 유일한 시간이다.
영원한 시간은 단지 지금 이 순간뿐이다.

953

영원은 언제나 시간 너머에 있다.
그래서 영원은 언제나 모든 곳에 있으며, 모든 순간에 함께 있다.

954

나는 늘 영원 속에 있고, 영원은 늘 내 속에 있다.
천만 겁이 흘러도 변하지 않는 무한이 늘 우리 안에 있다.

955

삶이 아무리 힘겨울지라도
우리의 내면엔 태풍의 눈처럼 늘 절대적으로 고요한 자리가 있다.
그 자리가 우리 영혼의 본질이요 중심이다.

956

인생은 양파와 같아서
그 겹을 계속 벗겨보면 공(空)만 남는다.
공은 무아(無我)이면서 곧 무한이다.

957

진리보다 더 큰 등불은 없고
공명정대함보다 더 넓은 길은 없다.

958

진리의 빛은 세상 그 어디에서도 꺼지지 않는다.
내면에 그 빛이 환히 켜진 사람은
그 어디에 있든 세상을 밝히는 고귀한 빛이 될 것이다.

959

온전히 사랑 속에 있을 때 우리는 신 안에 있게 된다.
온전히 신 안에 있을 때 우리는 사랑 안에 있게 된다.
신은 무한한 사랑 안에 있고, 무한한 사랑은 신 안에 있으므로!

960

진리와 사랑 외에 일체의 모든 신은 다 가짜다.
오직 진리와 사랑이 신의 본성이기 때문이다.

961

어떤 일이 발생할 때는
그럴 수밖에 없는 필연적인 이유가 있다.
원인을 찾지 못했을 뿐 세상 모든 일은 필연의 필연뿐이다.

962

어둠이 없다면 빛의 가치와 소중함을 어찌 알 수 있으랴.
죽음이 없다면 시간의 가치와 삶의 소중함을 어떻게 알 수 있으랴.

963

내 마음과 행동을 삶의 섭리에 맞춰가는 것
그 속에서 자신의 성장을 끊임없이 도모하는 것
이것이 모든 사람이 하늘로부터 받은 천명이다.

964

조건 없는 사랑은 신의 심장부요, 천국을 만드는 유일한 질료다.

965

우리가 따라야 할 것은 진리이지 성인이 아니다.
어느 곳에서든 성인은 그저 하나의 좋은 샘플일 뿐이다.

966

자신의 욕망을 이루게 해 달라고 신에게 비는 이는
신 또한 사사로운 감정과 편애와 욕망을 지닌 존재라고 여기는 무지한
사람에 지나지 않는다.

967

자의식이 없을수록 내면이 평온해지듯
마음이 고요할수록 신에 더 가까워진다.
고요한 마음은 단 하나의 완전한 기도다.

968
진정한 기도는
신 앞에 나를 내려놓는 것이요 나를 내맡기는 것이다.
그 내려놓음과 내맡김으로 내 안의 신성을 회복하는 것이다.

969
삶과의 대화는 곧 신과의 대화다.
내 삶에 일어나는 모든 일들은 신이 내게 전하는 메시지와 같다.

970
세상 모든 곳에 신의 눈과 신의 목소리가 있다.
단지 그것을 보고 들을 수 있는 우리의 눈과 귀가 없을 뿐!

971
조건 없는 무한한 사랑이 되는 것
이것이 진정 신을 만날 수 있는 유일한 길이다.

972

명상은 나와 신을 잇는 다리이다.
그 다리 사이에 무한한 우주가 펼쳐져 있다.

973

신을 만날 수 있는 길은 오직 조건 없는 사랑밖에 없다.
조건 없는 사랑은 모든 경계를 넘어선다.
그것이 신의 본질이니, 그 나머지 이야기는 거의 다 가짜다.

974

나는 신의 가슴 속에 있고 신은 나의 가슴 속에 있다.
나는 신의 사랑 속에 있고 신은 나의 사랑 속에 있다.
나는 신의 영혼 속에 있고 신은 나의 영혼 속에 있다.
나는 신의 영원 속에 있고 신은 나의 영원 속에 있다.

975

나 이전의 나,
마음 이전의 마음을 본 이만이
신이 무엇인지 알 수 있다.

976

신이 가진 것은 무한한 사랑밖에 없다.
하지만 그것으로 우주의 모든 것은 창조된다.

977

현존이란 지금 이 순간을
있는 그대로 온전히 받아들이고 사랑할 수 있는 마음이다.
현존은 매 순간의 완전함으로 들어가는 입구다.

978

지나치게 현학적인 말들은 철학에서 가장 먼 말이다.
철학은 삶의 모든 일상을 위한 것이며,
모든 사람과 소통할 수 있는 길을 열어야 하는 것이기 때문이다.

979

모든 강물은 흘러서 결국 바다에서 다 하나가 되는 것처럼
모든 철학이 흘러서 마침내 도착해야 할 지점은 '사랑'밖에 없다.
나비가 되지 못한 번데기는 나비가 아닌 것처럼
사랑이 되지 못한 철학은 철학이 아니다.

980

최고의 철학은 생각을 다 내려놓는 데 있다.
에고의 거대한 장막을 걷어내고
우주의 정신적 본원에 접속하는 방법은 그것밖에 없기 때문이다.

깨달음

981

사랑은 진리의 어머니요,
깨달음은 진리의 아버지다.

982

모든 것을 껴안을 수 있는 마음이 깨달음이다.
모든 것을 향해 무한히 열려 있는 마음이 깨달음이다.

983

사색은 생각의 요람이요
명상은 깨달음의 빗장이다.

984

자신의 모든 욕망을 다 채우는 것보다
자신의 모든 욕망을 다 내려놓는 것이 훨씬 더 어렵다.
전자는 자신에게 몰입하는 것이고, 후자는 자신을 초월하는 것이다.

985

철학은 인간의 사유를 심원하게 만들지만
깨달음은 그 심원함에 우주적 깊이와 무한한 사랑을 더한다.

986

철학이 강물이라면 깨달음은 바다다.
깨달음이라는 진리의 바다에 이르지 못한 철학은 자신의 무지를 알지
못한다.
철학은 진리를 생각하지만, 깨달음은 진리와 하나가 된다.

987

완전하지 않은 것에서 완전함을 보는 것
그것이 진리요, 깨달음의 눈이다.

988

깨달음과 사랑만이 모든 사람을 평등하게 만든다.
깨달음과 사랑만이 모든 사람을 온전히 하나되게 하기 때문이다.

989

깨달음이란 내 마음 안에 있는 무한의 보석이다.
그 보석을 캐지 않는 것은 자기 영혼을 길이 저버리는 일이다.

990

맹목적인 믿음이 영성을 낳는 것이 아니라
빈 마음과 깨달음과 조건 없는 사랑이 영성을 낳는다.

991

긍정은 슬픔의 지우개요
참회는 죄악의 지우개다.
무아는 욕망의 지우개요
깨달음은 번뇌의 지우개다.

992

신이 우리에게 바라는 것은 단 하나뿐이다.
깨어나는 것, 그것으로 다들 서로 사이좋게 잘 지내는 것!

종교

993

종교 중독은 인류의 가장 보편적이고 흔한 중독 중에 하나다.

994

편벽됨은 가장 비종교적인 것이지만
인류의 종교는 대체로 사람을 매우 편벽되게 만든다.

995

종교를 위해 인간이 존재하는 것이 아니라 인간을 위해 종교가 존재하
는 것이듯
신을 위해 인간이 존재하는 것이 아니라 인간을 위해 신이 존재하는
것이다.

996

자신의 욕망 성취를 위해 신이란 이름에 기대는 것,
그것이 모든 사이비 신앙들의 공통점이다.
이는 '욕망의 신'이라는 이름의 거대한 미신에 지나지 않는다.

997

종교를 믿는 건 '자신의 욕망'을 충족시켜줄 거라는 믿음에 기초해 있다.
하지만 종교가 개인의 욕망 추구의 도구로 사용되는 한
모든 종교는 믿음을 팔아먹는 거대한 사기극에 지나지 않는다.

998

성전(聖戰)이 있다고 믿는 것,
그것이 종교가 낳은 가장 거대한 무지다.

999

종교 갈등 때문에 전쟁이 일어난다면
종교는 신의 이름으로 이루어지는 살인의 찬미요,
인간을 한없이 어리석게 만드는 거대한 독소에 지나지 않는다.

1000

복종을 강요하는 신앙은 정신적 폭력이요 무지의 야만이다.

온전한 신은 복종이 아니라 오직 우리가 모든 것에서 더 자유롭기를 바랄 뿐이다.

우리가 모든 것에서 자유로울 때, 모든 것에서 자유로운 진짜 신을 만날 수 있기 때문이다.

—

어떤 진실을 가르치는 것보다 항상
진실을 발견하는 방법을 가르치는 것이 더 큰 문제다
- 루소

제가 이 책의 아포리즘을 200편 정도 썼을 무렵, 저는 저와 같은 대학 국문학과를 나온 한 친구를 만나 A4지 한 장 분량으로 이 글의 일부를 뽑아 보여주었습니다. 느낌이 어떠냐고 물었더니, 제 글을 읽은 그 친구가 제게 이렇게 말했습니다. "다 좋은 말이고 좋은 내용의 글이지만, 세계적인 대문호들의 글 수준에는 못 미친다." 친구의 말과 표정은 '너무나 당연한 사실 아니냐'는 듯 단호했고 별 대단할 것 없다는 투의 뉘앙스가 느껴졌습니다. 저는 다소 마음이 불편했지만 달리 다른 말을 할 수가 없었습니다.

시간이 더 지나서 제가 천 편의 아포리즘으로 이 책을 완성한 후에 저는 그 친구를 다시 만났습니다. 누구나 이름만 들어도 알 수 있는 세계적인 대문호들의 명언 여섯 개와 제 아포리즘 네 개를 섞어서 보여주었습니다. 그 속에 제 아포리즘이 들어 있다는 사실은 숨기고서, 세계적인 명언들에서 몇 개 뽑아왔다며, 어느 것이 가장 마음에 드느냐고 물어보았습니다. 11개 중에서 그 친구가 글을 읽은 다음 가장 마음에 드는 두 개를 뽑았습니다. 그런데 친구가 가장 마음에 든다고 뽑은 두 개는 다름 아니라 바로 제가 쓴 아포리즘이었습니다. 제가 그런 사정을 말했을 때, 그 친구는 약간의 어색한 표정을 지었습니다.

그로써 그 친구가 예전에 제게 너무나 당연하다는 듯이 했던 '제 글에 대한 평가'는 자신의 선택에 의해 스스로 부정된 셈이 아닌가 합니다. 무엇이 이런 일이 생겨나게 한 것일까요? 그것은 아마도 편견과 선입견과 고정관념 때문이 아닌가 합니다. 우리 세상에 만연해 있는 편견과 선입견과 고정관념은 이처럼 사실과 진실을 제대로 보지 못하게 만드는 면이 있습니다. 그런 점에서 저는 이 책을 읽는 모든 독자께서도 제 친구와 같은 시각으로 글을 보시지 않을까 하는 약간의 걱정이 듭니다. 제 글을 읽고 어떻게 평가하시든 상관없지만, 모든 편견과 선입견과 고정관념을 과감히 벗고서, 깨어있는 눈과 감성으로 있는 그대로의 사실과 진실만으로 글을 봐주셨으면 좋겠습니다.

제가 이 글의 초고를 제 블로그에 올렸을 때, 어느 독자분께서 제 아포리즘을 이 책 저 책에서 제게 마음에 드는 구절을 뽑아 옮겨놓은 것으로 오해를 하셨습니다. 그래서 제가 직접 쓰는 글이라고 했더니 그분은 이렇게 댓글을 주셨습니다. "너무 아름다운 글들이라 옮겨 적은 줄 알았어요. 몰라봐서 죄송해요. 작가님 아포리즘이라니 ~오 놀라워요. 철학자의 글인 줄 알았으니까요." 저는 그런 오해를 칭찬과 격려로 기쁘게 받아들였습니다. 이렇게 마음이 열려 있는 오해라면 얼마든지 받아도 좋을 것입니다. 사실을 안다면 그 오해가 금세 놀라움과 친밀감으로 바뀔 테니까요.

제 수업을 듣는 한 학생이 제게 꿈이 뭐냐고 묻기에, 저는 '노벨문학상을 받는 것'이라고 답했습니다. 그랬더니 그 학생이 너무 어이없다는 표정을 지으며 제게 이렇게 말했습니다. "그건 불가능한 일이잖아요?" 그때 저는 오히려 그 학생에게 반문하고 싶었습니다. '왜 그런 꿈을 가지면 안 되느냐고, 그게 왜 꼭 불가능한 꿈이어야만 하느냐고……' 큰 꿈을 가지는 것조차 비웃음을 받을 만큼, 우리는 단지 큰 꿈을 가지는 데에만도 남다른 용기와 배포가 필요한 사회에 살고 있는 듯합니다. 그만큼 서로를 부정하며 우리 스스로 패배주의에 젖어 있다는 뜻이겠지요.

올림픽에서 금메달을 따려면 세계 최고가 되어야 합니다. 다들 알다시피 우리나라 선수들이 이미 숱하게 여러 종목에서 세계 정상을 차지한 바 있습니다. 올림픽 외에도 다른 분야에서 세계 정상에 선 한국인이 많이 있는 것으로 압니다. 그런데 문학과 철학 쪽에선 아직 그러한 쾌거가 많지 않은 듯합니다. 제가 보기엔 이쪽 면에서 우리에겐 여전히 패배적이고 사대적인 수축의식이 많은 듯합니다. 왜 우리는 문학과 철학에서 '우리가 세계 최고'가 되면 안 된다고 생각하는 것일까요? 왜 그게 불가능하다고 생각하는 것일까요? 어찌하여 우리 스스로 위대한 사상을 낳아 인류를 선도할 생각을 하지 못하는 것일까요? 저는 하루 속히 그런 어리석은 약소주의와 패배주의를 버려야 한다고 생각합니다.

탁월함은 언제나 보다 잘하려고 노력하는 것의 점진적인 결과이다.
-팻 라일리

　서문에서 밝혔듯이 저는 '세계 최고의 아포리즘'을 목표로 이 책을 썼습니다. 저는 아포리즘이라는 장르에서 세계 최고가 되고 싶습니다. 지금보다 더 생각을 키워 저는 훗날 다시 천 개의 아포리즘을 써서, 세 번째 아포리즘 작품집을 엮을 것입니다. 그러면 세 권을 합쳐 3천 개의 아포리즘이 됩니다. 그렇게 된다면 아포리즘의 질과 양에서 보기 드문 사례가 될 것입니다. 이처럼 아포리즘에 세계 최고의 대가가 되는 그날까지 저는 계속 노력하고 도전할 생각합니다. 올림픽에 나가는 선수가 금메달을 목표로 훈련하는 것이 당연한 일이듯, 그것은 아포리즘 작가를 자처하는 제게 너무나 당연한 일이니까요.

　저는 감히 그런 상상을 해보았습니다. '내가 만약 이 책으로 노벨문학상을 받게 된다면 얼마나 좋을까' 하는! 그렇다면 그 학생의 편견과 선입견과 고정관념이 산산이 깨어지겠지요. 아울러 그와 비슷한 생각을 가진 많은 사람들의 편견과 선입견과 고정관념 또한 산산이 깨어질 것이고, 새로운 인식을 할 계기를 얻을 것이며, 또 여러 면에서 생각도 많이 바뀌게 될 것입니다. 저는 그들의 놀라움에 찬 얼굴을 보고 싶습니다. 만약 그게 현실이 된다면 얼마나 통쾌한 일일까요.

혹자는 제 이런 기대를 심히 비웃을지 모르지만, 저는 그런 상상을 해보는 것을 작가만이 누릴 수 있는 정신적 사치이자 낭만이고 멋이 아닐까 합니다. 만약 실제로 제가 노벨상을 받게 되면 저는 상금 전액을 어려운 이웃에게 기부할 생각입니다. 세상에 아름다운 충격을 주는 것은 참 재미나고 신나고 뜻 깊은 일이지요.

그런 유쾌하고 통쾌하고 상쾌한 날이 오기를 기대하며 꿈을 향해 열심히 노력하며 사는 것을, 저는 삶의 소중한 자세이자 기쁨이라고 생각합니다. 나의 성공이 우리 모두의 기쁨이 될 수 있기를, 언제고 우리 모두에게 그런 복된 날이 햇살처럼 바람처럼 아무렇지도 않게 다가오기를…….